MW01173010

Paul Anwandter

La hija de Ogum

Chan! editores

La Hija de Ogum

© Paul Anwandter L., 2022
ISBN: 978-956-9860-31-7
Registro de Propiedad Intelectual
N° 2022-A-5940

CHAN! Editores
José Manuel Infante 85
Providencia
Santiago de Chile
www.agenciachan.com

Dirección de Arte: Agencia CHAN!
Diseño Portada: Paul Anwandter L.
Diagramación: Fernanda Vallejos M. / Florencia Henríquez C.

Todos los derechos reservados. Bajo las sanciones
establecidas en las leyes, queda rigurosamente prohibida,
sin autorización escrita de los titulares del copyright,
la reproducción total o parcial de esta obra
por cualquier medio o procedimiento, comprendidos
la reprografía y el tratamiento informático, así como
la distribución de ejemplares mediante alquiler
o préstamos públicos.

A mi madre y a sus espíritus,
que siempre me acompañan con su amor.

AGRADECIMIENTOS

Infinitas gracias a:

Janet Donoso, Alex Anwandter, Sergio Acuña, Christian Anwandter, Consuelo Biskupovic, Inés Anwandter, Milan Anwandter, Rosa Lanas R., José Fernando (Nando) A. Borges, Maurílio Palmieri, Olvin Cáceres B., Ricardo Escobar B., Raúl Echeñique, Álvaro Calderón, Rosa del Corral, Carlos Marcelo Valenzuela T., Jørgen Svenstrup, Jessica Bulos, Silvana Trigo, Marisol Castillo Vargas, Fernando Bacciarini, Víctor Yáñez, Otto Laske, David Clutterbuck, Milton Erickson y Betty Alice Erickson.

Infinitas gracias a Florencia Henríquez C. por la edición y todo lo que hace para que usted tenga en sus manos un escrito con estilo y elegancia, donde cada palabra cuenta, con el propósito de que este libro le sea de fácil lectura.

Gracias también a Carolina De Ponti, quien junto al equipo de Chan! nos apoya y ayuda con su gran trabajo para que el libro se haga disponible en distintos formatos y medios. Y a mi querido amigo Maurílio R. Palmieri por la revisión "espiritual".

Agradecimientos de corazón para usted, quien va a leer este libro ahora.

Paul Anwandter

Santiago de Chile, 19 junio del 2022

PRÓLOGO

Hija de Paul, *La hija de Ogum*, novela e hija primogénita del autor Paul Anwandter, llegó a mis manos para ser leída con una petición; escribir mis sensaciones y reflexiones sobre ella. Bueno, aquí vamos, amigo Paul.

A medida que recorremos y profundizamos en lo que el autor va relatando, nos adentramos en una serie de eventos cargados de simbolismo, de emociones y vivencias al borde de lo que nuestra bien educada psiquis pudiera aceptar. Juega con cada palabra en la intención de llevarnos por el vaivén vertiginoso que producen los acontecimientos que envuelven a Line; mujer protagonista de este trozo de vida ecléctico, lleno de cosas humanas y, por supuesto, con las consecuencias desprendidas de cada una de esas "cosas... humanas".

Un relato envolvente y desafiante del cual emana ese duelo constante entre luz y oscuridad, plagado de eventos kinéstesicos, de aquellos que la diosa razón señalaría como delirantes. Y así, casi sin darnos cuenta, nos descubrimos en medio de ritos, dolores, celos, miedos, juegos amorosos y testimonios que conforman una imaginería ubicada mucho más allá de nuestro vasto y a la vez pequeño universo.

Paul, junto a todos sus personajes, nos introduce en un territorio que él conoce bastante bien y que, a su vez, al exhibir la divina oscuridad de los sentimientos fraternales, discapacidades emocionales y familiares tan cruda y honestamente dejan, luego de voltear cada página, un extraño sabor a paradoja de realidad ficción.

De alguna manera los mundos y las experiencias de Paul aparecen y desaparecen, son partes del derecho y revés del tejido emocional que tan bien comprende y deduce de cada una de las personas que pasan por su vida. Son muchos los casos, días, años dedicados a desentrañar las profundidades del ser humano, que ilustra detalladamente en los personajes de esta novela, en los espacios, aromas, lugares, ritos, idiomas, procesos, fantasías y realidades.

Tal vez este cruce de vidas, este drama oscuro, es el resultado de experiencias de quien camina y tiene pasaporte para traspasar las fronteras de este universo hacia cualquier otro.

Saravá.

Vinicius de Moraes
Poeta e diplomata
O branco mais preto do Brasil
Na linha direta de Xangô, saravá!

A bênção, todos os grandes
Sambistas do Brasil
Branco, preto, mulato
Lindo como a pele macia de Oxum.

Álvaro Calderón R.

Valparaíso, 21 de julio de 2022

ATARDECER Y NOCHE, DÍA 1

Sonó el celular con el "ring" que le indicaba que era su madre llamando.

No solía llamarla muy a menudo, y aunque estaba ocupada en el trabajo, decidió contestarle.

–¡Hola, Antonia! –le dijo Line a su madre–. ¿Cómo estái?

Antonia no preguntaba ni respondía mucho las cosas que le decían, estaba acostumbrada a mandar, que los otros la escucharan y ejecutaran lo que ella pedía. Era una reina.

–Hija, ¿me puedes buscar tipo siete de la noche unos dulces que le pedí a Doña Alzira? Ya están pagados. Solo hay que recogerlos y esperar un poco.

–A esa hora no puedo, Antonia. Puedo ir más tarde, tipo 9. Tengo que hacer algo en la pega. ¿Te sirve?

–Sí, muchas gracias.

Antonia le respondió de forma seca, y a pesar de que Line ya estaba acostumbrada, no le gustaba ese modo de su madre.

–Si no te llamo de vuelta es porque Doña Alzira te espera. Igual está siempre en su casa. –Y colgó.

A Line realmente le empelotaba cuando Antonia terminaba de hablar y colgaba el teléfono sin despedirse. Sentía que lo que su madre en ese momento comunicaba era: «Me importas un carajo. Lo que yo digo es lo único que cuenta. Punto».

Line Fabre Ruiz trabajaba como DBA[1] en el Banco Provincial, una organización del Estado que había sido formada para el fomento de la agricultura, y a ella le encantaba lo que hacía allí.

Ese día le habían dado una ventana de dos horas —a partir de las seis de la tarde— para arreglar unos problemas en una base de datos de clientes del banco, que al ser consultada por los ejecutivos, entregaba muchos errores y el sistema además se "caía".

Line pensó, «los desarrolladores que tenemos son pencas, el arquitecto de software es como las huifas y al final, los ejecutivos, de solo oler la base de datos, ya le generan errores, y después, me cae pega a mí para arreglar los pasteles a los lindos. Hijos de puta».

Eran casi las seis y ya tenía todo preparado para el trabajo.

«Últimamente las cosas me salen raras o no me salen nomás. Trabajo, pareja, hija, mejor no sigo. Voy a tomar ene cuidados para no tener sorpresas. Mierda. ¿Que la porquería tenía problemas de códigos súper antiguos que nadie tocaba? ¿Que por eso se producían errores en la base? Problemita. Puta, no me van a creer. Va a parecer que la penca soy yo. ¿Cómo mierda pudo haber pasado eso? ¿Nadie nunca lo detectó? ¿O será que sabían y me pusieron el palito y… pisé?».

«Nada que hacer. No me di cuenta. Se pasaron las dos horas y no lo arreglé».

Antonia era dura, tipo Clint Eastwood versión mujer. Tenía dos hijas, Alicia y Line, a quienes quería mucho a pesar de no demostrarlo.

A Antonia le gustaba pensar que Line había heredado muchas cosas de ella, como un rostro con rasgos fuertes, una nariz que daba claro indicio sobre su carácter y personalidad decidida y frontal, con labios

---

[1] Una DBA es una especialista en Bases de Datos.

finos de color rosado intenso y que mostraban siempre una sonrisa amplia, alegre, pícara y generosa, realzada por dos "margaritas" en las mejillas y dientes blancos perfectos. Además, era dura. Muy importante.

También le gustaba de Line que fuera más alta que el promedio de las mujeres latinas, ya que su contextura era de huesos anchos, lo que le daba más potencia a su energía, pues impactaba con su sola presencia al llegar a algún sitio.

–Como yo –decía Antonia.

Por otro lado, Alice era muy distinta a ella. Era como salida de un cuento de princesas; tenía el pelo liso, fino y muy rubio, tez blanca, ojos verdes color jade y labios bien delineados, de un rosado intenso. La forma de sus ojos era redonda, mirando siempre con mucha atención e intensidad. Medía aproximadamente un metro sesenta y era menuda de peso. Su voz era algo chillona, lo que la hacía hablar más despacio, pues tenía consciencia de que cuando se ponía nerviosa, su voz sonaba muy aguda e irritaba a las personas. Le encantaba mostrar su cuerpo, que siempre estaba en un estado atlético envidiable, por la cantidad de tiempo que pasaba en el gimnasio.

Antonia decía que la gente se engañaba mucho con Alice, pues su rostro era "cara de niña buena", con trazos dulces y gentiles, entonces las personas rápidamente confiaban en ella y listo. Alice era astuta y siempre conseguía lo que quería. Daba el bote como una víbora y estaba hecho. Ya lo había logrado. «Eso es del papá», pensó Antonia.

Line bajó al estacionamiento –súper tostada– a recoger su auto para ir donde Doña Alzira. Las oficinas de Line estaban en el centro de Santiago y Doña Alzira vivía en Maipú.

«Uyyyy. ¡Es retarde! Mejor voy igual, o la Antonia me va a columpiar», pensó.

En el camino mucho taco y mucho loco manejando.

Doña Alzira vivía en un edificio muy simple de cuatro pisos, sin ascensor. Después de haber dejado el auto estacionado en la calle, debajo de un poste de luz muy tenue –pero tenía luz al menos– Line se bajó y caminó para buscar los dulces.

«Qué raro», se dijo, «hay un perro muy grande al otro lado de la vereda y parece que me está siguiendo».

El aire estaba seco y corría un viento con un olor extraño que no pudo identificar en ese momento, pero sabía que ese olor estaba metido en su memoria, pues lo reconocía.

El lugar era sencillo, sin ser pobre, pero estaba muy mal cuidado. Las casas y construcciones vecinas con pintura desteñida o descascarada.

Había escasa iluminación en las calles y, en general, las rejas estaban rotas o caídas. No había vegetación ni árboles, lo que daba un aspecto árido y desolador a todo el ambiente.

Era fácil acceder al edificio de departamentos de Doña Alzira y Line llegó rápidamente al cuarto piso. Entonces se percató de que el timbre no funcionaba, así que debió golpear la puerta.

Golpeó una vez y no escuchó nada. Golpeó con más fuerza. Y una última vez, hasta que escuchó pasos que se dirigían hacia la puerta.

Line recordó que Doña Alzira era una antigua costurera de su mamá que, para aumentar sus ingresos, había decidido emprender en el negocio de los dulces y se los vendía a sus mismos clientes.

Hace mucho tiempo que Line no veía a Doña Alzira, pero se acordaba de ella como una mujer de metro y medio, de unos setenta y cinco kilos, con el pelo rubio, anteojos redondos, caídos cerca de la punta de su nariz, que le daban un aire de distraída. Recordaba que sus ojos eran azules y que tenía la piel muy blanca, por sus orígenes del norte de Italia.

Ella era viuda y no tenía hijos. Line sabía que era muy religiosa, y junto a ese aire distraído, transmitía un estado de mucha tranquilidad, propio de las personas que llevan una vida cercana a la espiritualidad.

Doña Alzira le abrió la puerta y la saludó con cariño, diciéndole que era un gusto verla y después le pidió que esperara un poco, pues estaba por terminar de empaquetar el encargo. Se había atrasado un poquito.

Le sugirió que la esperara en el sofá y partió a la cocina, desde donde salían ricos aromas azucarados.

Line se sentó, pero tras un par de minutos se levantó para mirar por el ventanal del living y vio que daba al Cementerio Católico de Maipú. Entonces, abrió un poco más la ventana y se puso helada.

En un instante, como en una película donde ella era la protagonista principal, estaba viviendo su pesadilla de todas las noches.

Hace dos años, y de forma reiterada, Line soñaba que estaba delante de una ventana y que después de abrirla, miraba hacia abajo y veía cómo la luz de la luna iluminaba las tumbas que se extendían hacia el horizonte.

En su sueño, ahora real, el aroma de flores mezcladas se hacía muy intenso; rosas, lirios, crisantemos, jazmines, con algo de humedad, tan propio de los velorios.

Tanto en el sueño como ahora, las luces de la calle se encendían y apagaban varias veces, dos a tres segundos, por cerca de un minuto y medio, dando la idea de que alguien usaba el interruptor de la luz general del cementerio, y que quería comunicarle un mensaje, usando antiguas fórmulas de "Código Morse"[2].

---

[2] Sistema de codificación para enviar mensajes telegráficos mediante la combinación de rayas y puntos interpretados a partir de pulsaciones eléctricas.

Acto seguido, sopló un viento muy fuerte en sus oídos y ella escuchó una voz, que no identificó, y que le decía:

—Tu padre y tu hija van a morir, para que sufras el resto de tu vida y tengas tiempo de arrepentirte.

En el sueño, revivido ahora en la ventana, ella despertaba y daba un grito fuertísimo, se ponía a temblar de pavor y su corazón latía a mil, sentía un tremendo dolor en el pecho, y al terminar el grito, lloraba y sollozaba.

NOCHE, DÍA 1

Doña Alzira escuchó el grito de Line y fue de inmediato a ver qué había pasado. La vio paralizada frente a la ventana con la cara totalmente pálida, temblando de pies a cabeza. La tomó de la mano y le dijo:

–Ven niña, siéntate acá en el sofá un ratito. Te voy a traer un tecito. ¿Está bien?

Line asintió entre sollozos y de a poco fue recuperando su calma, hasta que al volver Doña Alzira con el té ya estaba "casi" normal.

Doña Alzira, mirándola asustada, le preguntó:

–¿Qué te pasó?

Line no sabía qué responder.

–Veo que eres muy reservada y desconfiada.

Line la miró y no dijo nada. Después miró al suelo y empezó a contar lo de su sueño, y lo que había pasado ahora.

Doña Alzira se mantuvo en silencio, respiró hondo, la miró con severidad y comenzó a hablar.

–Estás en un serio peligro, niña. Tienes que hacer algo, de otra forma alguien puede morir.

Line le pidió a Doña Alzira que no se preocupara por ella, y que lo que había vivido, de acuerdo a lo que había leído y estudiado, era un mensaje de su mente inconsciente comunicándole algo para ayudarla.

Doña Alzira la miró con cariño y le dijo:

–Seguro. Puede ser eso. Ahora, si crees que estás en peligro, por favor, llámame. Te puedo ayudar.

Line le agradeció por los dulces, el té, y por haberla acogido de forma tan cálida. Se despidieron con un abrazo. Se sorprendió cuando vio la hora y el tiempo transcurrido, pues desde su llegada a casa de Doña Alzira, con la conversación y el té incluidos, ¡no habían pasado más de veinticinco minutos! Y ella sentía como si se tratara de toda una noche.

Eran las 10:10 y a esa hora le tomaría unos treinta minutos llevarle los dulces a su mamá, quien vivía a la entrada de Providencia, ahí por Manuel Montt.

Cuando Line pensaba en su mamá, se le aparecían todas las contradicciones; sentía cariño y mucha rabia. Mucha rabia con Antonia y un poco también con su papá.

En realidad, la rabia con él era por dejarse someter por Antonia sin nunca patalear. «Lo quiero mil», pensó Line, «pero, ¿cómo puede ser tan banana?»

Le daba lata recordar cosas tontas, como Antonia diciendo su nombre completo de forma golpeada: Antonia María Ruiz González. Tan cuica. Y la manera como hacía diferencia en el trato con ella y su hermana Alice.

Ella era la pata fea y quebrada del cuento, y su hermana Alice, ahhh, la princesa. Alice, siempre perfecta. Ella, dañada. Alice, siempre un ejemplo. Ella, bueno...

Line pensó, «la Antonia también logró que al papá le guste que lo llamen por su nombre completo: Juan Roberto Fabre Acevedo. Pero claro, para los íntimos, a ella le gustaba que la llamaran Antonia María».

–Antonia María –y lo decía con fuerza–. Esta es mi tarjeta de presentación, para que se vea "de golpe" que soy una mujer con carácter y de sociedad.

Antonia era muy fijada en eso tan chileno de los apellidos, de las familias y sus orígenes y de la manera en que todos están conectados, pues, como decía:

–En Chile todos nos conocemos –para dejar claro que su Chile era muy exclusivo, reducido–. Y el resto… bueno, "el resto es el resto".

Line llegó finalmente como a las 10:40 a la casa de su madre; tocó el timbre y Antonia salió en bata a buscar los dulces con cara de molestia por la hora que era. Le abrió la puerta y dijo:

–Deberías trabajar menos. Te ves muy cansada y tienes mala cara.

–Gracias por traerme los dulces –le respondió Line.

Pero su madre ya se había dado vuelta para entrar a su casa, y no escuchó la ironía de Line.

Entonces Line emprendió regreso a su departamento y solo ahora recordó que ¡había dejado a su hija sola todo este tiempo! ¡Peor! ¡No la había llamado para saber cómo estaba!

«Horror», pensó. «Bueno, ya tendré que ponerme en buenas con ella, pues está con todos los temas de adolescencia y habla harto».

Iba a estacionar el auto en el garaje de su edificio, pero le dio mucha lata entrar. Las plazas de su estacionamiento subterráneo eran como cajas de fósforos y la luz súper mala. Decidió, por flojera, dejar el auto en la calle, como lo hacía con frecuencia cuando llegaba tarde y "copeteada".

Subió a su departamento, eran como las once y tanto, abrió la puerta, y todo estaba en silencio.

Su hija Andrea estaba durmiendo, o fingía estarlo.

«Como sea», pensó. «Mejor así».

Se cambió de ropa para ponerse pijama, hizo su higiene nocturna y se acostó.

«Raro», se dijo ella. «Me siento feliz a pesar de que sé que no lo estoy».

Esa noche no tuvo la pesadilla.

Mañana, día 2

Antonia era siempre muy orgullosa de sus hijas, cuando hablaba con otras personas, claro. Las veía como una extensión de sí misma, así que le encantaba describirlas a sus amigas.

Que Line tenía ojos castaños muy claros y gatunos, que incluso se veían amarillos dependiendo de la luz que hubiera.

–En realidad, –decía– tiene mucha cara de gata y una piel muy blanca que al quemarse con el sol, se torna dorada.

Les contaba acerca de su pelo liso, castaño oscuro, con un corte tipo niño sin peinar, que le llegaba a la altura del mentón y que tenía una chasquilla que le cubría la mitad de sus ojos.

Para qué decir de la belleza de Alice y su inteligencia. Sabía que debía dosificar sus palabras para no ser "majadera", pues sus amigas también publicitaban a las hijas y todas eran perfectas.

Esta mañana Line había despertado a las ocho, pues al haberse quedado hasta más tarde el día anterior, no necesitaba llegar tan temprano al trabajo; su hija Andrea ya había salido al colegio.

Preparó su desayuno, granola con frutas, y un café bien negro para despertar. Mientras lo comía, pensaba en lo que había vivido la noche anterior y se preguntaba qué estaba pasando en su vida últimamente, que nada salía de acuerdo a lo esperado.

«¿Sería mala suerte? No es que estuviera infeliz. Bueno, algo le faltaba». Pensó mejor y se dijo, «Me faltan muchas cosas que quiero, en realidad».

«Ok. Voy a pensar en positivo: tengo una hija, tengo un trabajo: Uffff… ahora les dio por cuestionar todo lo que estoy haciendo, estoy enredada con mis relaciones amorosas, tengo rollos con mi familia, y gran parte de lo que quiero no me sale, o sea, normal», se dijo a sí misma. «Eso fue positivo ¡Ay! ¿Me estoy engañando?»

Pero lo de la pesadilla ya no le parecía normal. Nunca había pasado por eso.

Ella había nacido en Santiago el 68 y vivió en Chile hasta los 6 años de edad. Cuando ocurrió el golpe del 73, su papá era funcionario de carrera en el Ministerio de Relaciones Exteriores. Como buen diplomático –de profesión hipócrita, decía la Antonia– sabía "surfear" distintas olas dependiendo cómo vinieran, nunca comprometiéndose con nada, y al mismo tiempo, dando a entender que estaba con todo y, por lo tanto, en el 74 lo designaron Cónsul de Chile en São Paulo, Brasil. Lo que, en efecto, era muy bueno para él.

La familia de Line se mudó a Brasil, donde creció en la ciudad de São Paulo y allí vivió hasta sus 18 años. En São Paulo estudió en un colegio Católico llamado "María Imaculada", que en aquel entonces era solo de niñas, y quedaba en el "Bairro do Paraíso".

Después, en el año 86, volvieron a Santiago y justo al llegar, Line logró ser aceptada para estudiar Ingeniería en la Universidad Católica de Chile, donde se especializó en Informática, que era muy raro para mujeres en esa época.

A veces pensaba que la pesadilla tenía que ver con algo psicológico, con sus temas de niña, de cuando jugaba con su prima Michelle, nada que ver con Lorna, Ignacio y Sebastián, y después adolescente, con las experiencias que le cambiaron la vida al haber estado en el "María Imaculada".

Después se decía, «Nada que ver todo eso, hay gente mucho más loca que yo y no le pasa nada».

No sabía por qué, pero justo se acordó de haber conversado con Andrea, su hija, la semana pasada, y le había dicho que tenía muchas ganas de estar más con ella, de hacer más cosas que les gustaban, como jardinear, escuchar música pop, diseñar, y leer libros de historia.

Sentía cómo estaba disfrutando el desayuno, muy relajada, mientras divagaba entre una parte de su historia y el presente, cuando escuchó un ruido tremendo, como de una explosión, o algo así.

Tanto fue el ruido, que decidió levantarse para saber qué era y vio algo extraño por su ventana: una especie de camión, que aparentemente venía en las nubes, chocó a un auto estacionado, destruyéndolo casi por completo, y debido al impacto, este había chocado con el auto de adelante, y este con otro, hasta que... vio el suyo semidestruido, involucrado en este desastroso choque en cadena... pues claro, esa noche lo había dejado estacionado en la calle.

Curioso que en ese momento le vino a la memoria la misma voz de la pesadilla, y muy fragmentariamente, parte de un texto que habían leído en la clase de religión en el "María Imaculada", que decía:

– *Y si aquellos días no fueran acortados, nadie se salvaría; pero por causa de los escogidos, aquellos días serán acortados. Y si Dios no acortara ese tiempo, no se salvaría nadie; pero lo acortará por amor a los que ha escogido.*

Sin hacerle caso al eco que tenía en su mente, se puso unos jeans, la primera polera que pilló en el clóset, y sandalias, tomó el ascensor y llegó de inmediato para ver qué pasaba.

Estaba la grande. Muchas personas "de mironas", algunos dueños de autos que ya habían llegado, junto a varios vecinos, todos hablando al mismo tiempo.

Ella, como si no tuviera nada que ver con el asunto, preguntó:

–¿Qué pasó?

A lo que un mirón respondió:

–Pareciera que el chofer del camión de una constructora perdió los frenos y para evitar una tragedia mayor prefirió lanzar su vehículo contra el auto más cercano que encontró para detener su loca carrera.

Line se imaginó toda la historia de inmediato. Esperar a Carabineros, hacer una constancia, avisar al seguro –por suerte tenía seguro– y quedarse sin auto un buen rato. Lata. ¿Qué más se puede decir? Después, aguantar que todo el mundo le diga:

–¡Pero por suerte no te pasó nada a ti!

Se apestaba con eso.

Ahora mismo no lo podía creer. Su calle era bastante tranquila y ¡que un camión perdiera los frenos y chocara precisamente su auto! Era para no creerlo.

Hizo todos los trámites necesarios con los carabineros que llegaron, incluyendo avisar al trabajo (donde le dijeron: "¡No puede ser! Es para no creerlo. ¡Pero por suerte no te pasó nada a ti!)", luego contarle a su papá, y que él le contara a la Antonia.

Pensó, «Caros me salieron tus dulces, Antonia».

Y ahora, con el corazón en la mano, algo nerviosa y alterada, tipo once y media de la mañana, subió a su departamento para alistarse a salir.

Mañana y tarde, día 2

Line estaba casi lista para salir a la oficina. Pero primero tenía que hacer un "upload" de todas las cosas que cargaba en su cartera; hoy le tocaba el "ritual del cambio de cartera".

A Line le gustaban las carteras chicas, que pudieran soportar mucho peso, y donde entraran las mil cosas que le gustaba llevar. Cosas prácticas de una mujer moderna, como un backup de batería –por si el notebook, celular o tablet quedara sin carga–, un cortaplumas suizo, pastillas de menta, algo de maquillaje, pañuelos, documentos, una agenda, lápices de distintos colores, cigarrillos, un encendedor, clips, una corchetera y los dos kilos de llaves. Una vez había pesado su cartera, por curiosidad, y registró cuatro kilos novecientos gramos.

Al salir, ya en la puerta, Line se dio cuenta de que Andrea tenía todo desordenado. «Como siempre», pensó, «La guitarra en cualquier parte».

Se le vino la imagen de que se había casado muy enamorada con Gustavo después de haberlo conocido en la Universidad.

Bueno, Gustavo Aguirre Leitao. También era de la onda de nombre completo.

En ese entonces, lo consideraba muy inteligente. «Lo que es el amor», se dijo.

Gustavo trabajaba ahora en un banco como gerente de ventas y se preguntó, «¿Cómo me casé con él?»

«Gustavo era de onda tradicional chilena, proveedor de la casa, el "hombre", y por eso mismo le cargaba que yo fuera a trabajar, que fuera independiente y autovalente».

«Y lo peor, para él, se me ocurrió hacer cursos de desarrollo humano y Gustavo nunca más consiguió dominarme como lo hacía al inicio de nuestro matrimonio. Claro, pues si lo hubiera intentado cuando pololeábamos lo habría mandado a la cresta. No, a la chucha», se dijo Line.

«Después de los cursos le tapaba la boca con el uso del lenguaje, y con esas creencias básicas que él tenía, quedaba siempre como estúpido. Se daba cuenta, claro, pero nunca quería dar el brazo a torcer. Peor para el bruto».

Line recordó que en un curso había "trabajado un tema", sobre saber quién era, que le había costado reconocer lo importante que podía ser para ella, y aún seguía muy presente en su mente. En aquel entonces se le había ocurrido compartirlo con Gustavo.

Había sido una situación puntual. Ella tenía nueve años y su prima Michelle, junto con sus papás, los habían ido a visitar a São Paulo. Mientras los adultos conversaban, Michelle, quien tenía doce años en ese entonces, le había propuesto que jugaran al papá y a la mamá. El juego, en realidad, era solo un pretexto para que por cualquier cosa que papá o mamá hicieran, ellas se besaran.

Al contárselo a Gustavo, este la había llamado "degenerada", que mejor nunca más le compartiera cosas así, pues se avergonzaba de ella por lo sucia. Claro que después llegó con cara de quiltro, y se disculpó. Pero le dio por ponerse obsesivo y celoso. Le dijo que no había problema con lo que había ocurrido, pero le pidió que le contara qué otras "cosas" como esa habían pasado en su vida que él aún no supiera, y Line, con la idea romántica de la trasparencia en pareja, le confió "algo" más.

Le contó que una vez, cuando tenía once años, se había quedado presa en el ascensor junto a un compañero de curso; ella había ido a su departamento a estudiar, y habían hecho una pausa en los estudios para ir a jugar. Al bajar para encontrarse con otros niños, el ascensor quedó atascado, se apagaron las luces y estuvieron como treinta minutos encerrados mientras los rescataban, y en ese momento él la había toqueteado y besado.

Le dijo que varios años después de no haber visto a Michelle, en una reunión familiar en casa de ella, cuando Michelle tenía quince años y ella doce, su prima la había invitado a su pieza, para mostrarle lo que estaba pintando, y que una vez ahí, cerró la puerta con llave, la agarró por la cintura y la volvió a besar. Y se quedaron más de una hora. Otro día, durante esa misma visita que estaban haciendo a familiares en Chile, Michelle la había invitado a leer a su pieza, ambas acostadas en la cama y, en realidad, leían una página y el resto era besarse y tocarse.

Gustavo volvió a enfurecerse y le gritó que no sabía con quién se había casado, que no tenía idea de que era lesbiana, que le había escondido cosas importantes de su vida que probablemente seguían ahí, y más cosas pencas, que ella ya no recordaba.

Line creía que ese había sido el momento donde se perdieron el respeto, y cuando todo se empezó a desmoronar. Después de eso, cada cosa era una pelea que se fue transformando en una contienda mayor. Él cada vez más hiriente con sus comentarios machistas y ella simplemente incapaz de soportarlo. Ella le sugirió hacer terapia y él le respondió:

—Eso es cosa de mariconas y por eso te gusta a ti.

Pero iba a nacer Andrea, estaban las expectativas de qué pasaría una vez que su hija naciera. ¿Cambiaría en algo Gustavo?

Pero no. Tan pronto ella nació, él se puso más violento; le reclamaba que no le daba ninguna atención y que ahora era todo con Andrea, trabajo, reuniones con amigas y nada con él.

—¿Y tú por qué no me ayudas con la bebé y así tenemos más tiempo para los dos? También puedes acompañarme a las reuniones —le decía ella.

Line recordó el dicho brasileño que dice: «Agua mole em pedra dura tanto bate até que fura»[3].

Y fue lo que les sucedió como pareja, pues de tantas pequeñas cosas, finalmente ella –pues él jamás lo hubiese hecho– decidió separarse e ir a vivir sola con su hija.

Había ahorrado todos los meses y también, hay que decirlo, con la ayuda de su papá, se compró un departamento en Providencia, en la calle Román Díaz.

Cuando Line buscaba colegio para Andrea pensó en algo francés, y le gustaba La Maisonnette de Santiago. Ella decía que era un buen colegio, pero lata que fuera solo de niñas.

Line sabía que a Andrea desde chiquita le gustaba dibujar, jugar con amiguitas y ahora ya adolescente no había cambiado mucho en eso, aunque ahora además se pasaba mucho tiempo pegada al celular, chateando o viendo redes sociales.

También sabía que su hija la quería mucho, que la consideraba muy cariñosa, preocupada y que la veía como una buena mamá. Pero recibía muchas críticas de parte de Andrea por ser muy obsesiva, frontal, directa, antisocial, poco objetiva con sus amigos, demasiado emo, manipuladora, ¡muy cerrada para algunas cosas y abierta para otras! En resumen, Andrea le decía:

–¡Eres extrema e intensa!

Y parece que sí, que su hija la tenía muy bien "mapeada".

---

[3] La traducción literal de este refrán es "Agua blanda en piedra dura, tanto golpea hasta que la agujerea".

Line nunca quiso contarle a Andrea el por qué se separó de su papá, y el motivo quedó siempre en el aire para ella. No era tema tabú, pero sabía que si entraba a explicar, ambos quedarían como el forro y entonces, ¿para qué? Solo le dijeron que no se llevaron bien.

Line pensó, «Qué lata que a Andrea no le importe dejar la casa ordenada, pero ya le pido tantas cosas que mejor no digo nada y –para callada– voy a dejar sus cosas en su pieza, me evito una pelea y quedo tranquila con mi TOC. Que al final, de eso se trata».

Ya casi en la puerta de salida, decidió darse vuelta para tomar la guitarra que estaba afirmada en la pared con el propósito de dejarla en la pieza de Andrea. Pero, antes de que su mano alcanzara a tomarla, esta hizo un ruido tremendo y se partió en dos; las cuerdas se cortaron de manera explosiva, se despegó el brazo del cuerpo de la guitarra y la cubierta se rajó como un papel.

Ella miró con asombro lo que había pasado. Incrédula, se sentó en una silla delante de lo que había sido la guitarra, con el corazón acelerado por el susto. Con la mirada perdida, solo sentía cómo su cuerpo temblaba.

Su mente empezó a buscar nuevamente qué podría estar ocurriendo y se volvió a preguntar si esto tendría que ver con mala suerte, pero también lo descartó.

Se dijo, «Nunca tan quemada en todo. Así no es mi vida».

Hace dos años –desde que partió el sueño– sentía una sensación rara, que ahora ya no era solo esa sensación, pues se había transformado en miedo de no saber qué le estaba pasando.

Igual tenía confianza de que saldría adelante.

¿Saldría?

Mediodía, día 2

Line, todavía perturbada, tomó el ascensor para salir hacia la calle y buscar un taxi. Pensó, «Por aquí nunca pasan muchos taxis a esta hora. Qué lata caminar. Mejor voy hasta Providencia. Ahí pasan más».

Giró un poco a su izquierda, miró hacia la vereda de enfrente, y vio un movimiento extraño. Parecía que alguien la seguía.

Aceleró el paso hacia Providencia y vio que un perro venía detrás suyo. «¿Sería el mismo que había visto cuando fue donde Doña Alzira?»

Podría haber sido, pero ahora era de día.

«Se ve distinto a un perro. Más alto, negro, flaco, pero muy grande, con piernas largas y el fondo de sus ojos es amarillo. No parece de ninguna manera un quiltro».

«No puede ser», se dijo, «es un perro-lobo[4], como esos de las películas que persiguen a algún personaje», y se aterró por la idea.

El perro-lobo la miraba a los ojos y le mostraba los colmillos. Le pareció que le estaba gruñendo, pero no lo escuchaba por los ruidos de la ciudad. Y mientras pasaba todo eso, el viento en sus oídos le decía: *"Me conocerás, sabrás quién soy y qué haré contigo".*

Aceleró el paso de puro susto, y llegó rápido a Providencia. Miró para atrás y no había perro-lobo por ningún lado. Solo mucha gente caminando como hormigas en Providencia.

«Me estoy volviendo loca», pensó, y de inmediato tomó un taxi.

---

[4] Wolfdog.

En el camino al banco sonó su celular con la música de Star Wars; era el sonido para su hermana Alice, que Line identificaba con "Darth Vader".

Alice estaba muy agitada y le gritó al celular:

–¡El Papá está en la Clínica! ¡No te pongas nerviosa! Él está bien. La Antonia me llamó y dijo que se había desmayado. Están en la Clínica Alemana, para que vayas –y le colgó.

Recordaba lo que decían sus papás sobre su hermana Alice, que era muy temperamental y llevada de sus ideas, que siempre quería que todo saliera como a ella le gustaba y si eso no pasaba, hacía lo que estuviera a su alcance para conseguirlo.

Line recordó que una de las frases preferidas de su hermana era *"el fin justifica los medios"*. «Parecida a la Antonia», pensó, «pero mejorada en lo peor».

Line se dijo, «Ahora esta. No puede ser. Me van a echar de la pega así. Van a pensar que tengo otra. Hasta a mí me costaría creer tantas disculpas por no aparecer en el trabajo. Decirles que mi papá está internado. Ay, ay, parecen esas disculpas donde la gente va matando a los familiares y asiste a funerales para no ir a la pega».

Entonces llamó a la oficina, a su Jefe, y le dijo lo que le pasaba. Escuchó un suspiro profundo de parte de él, y un "Suerte" de despedida.

Estaba claro, a veces una sola palabra dice más que mil. ¿O son las imágenes?

Entonces le dijo al conductor del taxi que, por favor, cambiara la ruta. Quería ir de inmediato a la Clínica Alemana.

En su casa, cuando los papás hablaban de Alice decían que ella era muy gentil con todos. Pero Line pensaba, «Sí, con aquellos que le sirven para algo».

Line recordaba cómo Alice, frente a la opinión de otros, mostraba mucho interés y daba a entender lo relevante que le parecía aquello que se decía, pero en realidad solo le importaba su opinión. Tenía mucho de su madre Antonia.

Alice finalmente había estudiado leyes, como siempre quiso, y trabajaba como abogada en un estudio con otros excompañeros de la facultad.

Su colegas sabían que era una abogada excelente, ganadora en todo, y que si alguien del Estudio no estaba de acuerdo y decía algo que podría influir en la forma como ella quería que se hicieran las cosas, Alice sabría cómo manejarse, por las buenas o las malas, hasta conseguirlo.

La responsabilidad de la educación de las niñas, por supuesto, no era solo de Antonia, y en este caso era su padre, Juan Roberto, quien le decía a Alice desde chica que ella era una ganadora y que siempre, siempre, siempre le iría bien, pues ella sabía cómo conseguir lo que quería.

Y Alice lo tomó como un mandato.

Ya muy tarde, Juan Roberto vino a descubrir que le faltó moderar el lenguaje y que había olvidado hablarle a Alice sobre la parte ético-moral y sobre el bien y el mal. Creía que ella iba a aprender de tan solo mirarlo a él y su forma de actuar en la vida.

Después pensó, «pero Line tuvo la misma educación y un carácter muy diferente a Alice. Deben ser los genes malos del lado de la familia de la Antonia», concluyó riéndose.

Juan Roberto era de esos papás que tenía la esperanza de que sus hijas aprendieran, más que por su discurso, por su ejemplo de vida y trabajo. Con una carrera funcionaria impecable, toda una vida recta y honesta… como Cónsul de Chile había visto cosas raras, que forjaron en él una conducta correcta e intachable.

A Alice le gustaba estudiar y siempre quiso ser como su papá y titularse de abogada. Se había casado joven, con un chico "bien" que se llamaba Sergio Augusto Urrutia, cuya familia tenía mucho dinero. Su matrimonio no resultó perfecto, sobre todo por las infidelidades –al inicio de Sergio, y después de Alice–, pero ni pensar en separarse o que alguien lo supiera.

Ellos tenían dos hijos, Juan Francisco Urrutia Fabre y José Antonio Urrutia Fabre. Para Alice, ellos estaban marcados por el destino de buscar la perfección, tal como ella.

Sergio tenía locales de ventas de autos usados, que su papá le había pasado para que llevara el negocio familiar al jubilarse. No era muy bueno para el trabajo, ni para los negocios, sin embargo, arreglaba todo con su simpatía y encanto, propio de un seductor y vendedor nato.

Line llegó a la clínica y afuera se encontraban Antonia y Alice. Se saludaron con dos besos en la mejilla, y se sentaron mirándose fijamente, a lo que Line preguntó de inmediato:

–¿Qué pasó con el papá?

Antonia empezó a contar que Juan Roberto estaba muy bien en la mañana y que iban a comenzar el aperitivo que siempre tomaban juntos antes de almuerzo, cuando de repente lo vio raro.

–Me pareció que estaba mareado, y se levantó. Creí que tenía ganas de vomitar, pero fue todo muy rápido y sin más, se desmayó. Yo estaba muy asustada y llamé a ese número que tenemos en el refrigerador para emergencias de salud y llegó una ambulancia en unos treinta minutos con un paramédico y acá estamos.

Justo en ese momento vieron al doctor de Juan Roberto, quien se aproximó, saludó a Alice, a Line y a Antonia, y esta última le preguntó angustiada sobre lo que pasó, y el doctor les explicó:

–Juan Roberto tiene una hemorragia cerebral o una embolia cerebral. La sangre de esa hemorragia va a presionar el resto del tejido del cerebro que está normal. Una parte de ese tejido podría dañarse, que es la parte que riega ese vaso que se rompió. Pero además va a actuar por presión con el tejido vecino y eso puede provocar un edema de la corteza cerebral que le quita la conciencia. Este edema cerebral que produjo el trastorno de conciencia pudiera reabsorberse. Habrá que esperar y estamos en eso. Pareciera, por lo que hemos visto hasta ahora, que el vaso que se rompió no es tan importante, se trata de un aneurisma "chico". Eventualmente el daño que deja es poco, a lo mejor ni siquiera es motor, o se traduce en que queda más lento para actuar, o queda con parálisis de un lado. Como les decía, Juan Roberto ha perdido la conciencia, pues la corteza cerebral se ha comprometido por aumento de esa presión dentro del cerebro. En el estado actual, siento contarles que desconocemos el desenlace, porque pudiera darse un vuelco cuando es cerebral. Nunca se sabe, y siempre está la duda. Pero aguardemos durante hoy y mañana para monitorear cómo evoluciona el cuadro. Siento no tener más noticias que estas, pero Juan Roberto está muy bien atendido. Y quédense tranquilas, que estamos haciendo lo mejor para él.

Antonia, Alice y Line, casi al unísono, le agradecieron al doctor, quien siguió adelante para ver a otros pacientes.

Entonces, Alice le preguntó a Antonia, si Juan Roberto tenía su testamento hecho. Line saltó y le dijo a su hermana:

–¿Cómo se te puede ocurrir preguntar algo así tan fuera de propósito en este momento? ¡Sólo tú, que eres mezquina e interesada puedes estar pendiente de las platas del papá, cuando incluso se puede morir!

–¡Perdóname, pero que tú seas una "nerd-hippie-puta" no nos obliga a todos a seguir tu modelo de vida, donde no te importa cómo se vive, ni cuánto cuestan las cosas, pues el papá te subvenciona y vaya a saber qué haces con el dinero y con qué perras te juntas! Pregunto eso, pues soy práctica y aterrizada y además, por si se te olvida, como todo lo importante, soy abogada. Trabajo en estos temas. Te haces la mosquita muerta frente a los papás, pero le tienes echado el ojo a sus platas. Yo lo sé –respondió Alice.

Line se puso roja de rabia. Le iba a responder y hasta a agredirla, cuando Antonia, viendo la escalada que se venía, solo miró a las dos y les dijo, subiendo el tono de voz, casi gritando:

–¡Cállense! Por respeto a su padre.

Alice y Line se miraron con odio. Sabían que el tema era difícil y complejo.

TARDE, DÍA 2

Line se levantó sin decir nada. Sabía que "así eran las cosas" con su hermana. Nunca estaban de acuerdo.

Antonia decía que Alice era como salida de un cuento de princesas, pero para Line era más bien la bruja disfrazada de princesa.

Ella se preguntaba muchas veces si eran hermanas. ¡Eran tan distintas! Esos ojos bien redondos de Alice, mirando siempre con intensidad. Además todos decían que era preciosa como una muñeca, y cuando la comparaban con ella, no decían nada.

«Pero para mí eso nunca fue tema», se decía Line. «O sea, es tema. Qué mierda».

Line también tenía claro que la cara de niña buena de Alice hacía que las personas rápidamente confiaran en ella. «Grave error», pensó. «Confiar en una "jararaca"[5] era mortal». Como ella lo aprendió cuando pequeña en Brasil.

Una de las cosas que más odiaba Line en la vida –aparte de su hermana– era estar con gente tira-pa-bajo, grosera y maleducada; y lo que la dejaba mal, mal, mal, eran esos hombres machistas que decían cosas ofensivas hacia alguna mujer; lo consideraba una afrenta personal. Igual odiaba a los que maltrataban o eran irresponsables con los animales. Ahí, pelea segura.

Estaba cansada de que Alice no perdiera oportunidad y la dejara como el forro con toda la familia, en especial con sus papás.

---

[5] Especie de serpiente venenosa que vive en algunos países de Latinoamérica como Brasil.

La idea de Alice era siempre describirla como loca y puta, y ella aparecer como ejemplo de moral y virtud.

No es que ella no fuera ni loca ni puta, pero Alice un ejemplo de virtud, ¡por favor!

Y de alguna manera su hermana había logrado instalar esa idea en la familia, aunque le había salido mal, pues Juan Roberto, viendo lo que se decía de ella, la protegía más y eso le daba una rabia tremenda a Alice.

Line se acordó del error de haberle contado cosas íntimas de su vida a Alice. Con esa idea tonta de que «puedo confiar en mi hermana mayor». La muy desgraciada le jugó varias veces el papel de la hermana buena, la escuchó, y después le contó todo a sus papás.

Así fue como se enteraron de que su "pololo" era una niña y Antonia no lo tomó nada bien. Aún no lo supera, y su papá, como siempre, viéndola en problemas, le dio todo su apoyo y cariño.

«Pero qué onda Alice. Esa fue una de las tantas, porque ya era algo usual. ¡Penca tener una hermana así!»

Alice –súper falsa– se las arreglaba para hacer creer a los papás que era ella quien siempre quería torpedearla o dañarla. Hacía eso para que fuera cada vez menos a la casa de sus papás y Line igual sabía que si no iba, su hermana la "pelaría" más. «Si fuera menos, el papá se preocuparía por mí y me buscaría; no tanto la Antonia», pensó Line.

Además, ella amaba mucho a sus papás.

Después de su separación con Gustavo, la familia entera se quedó pegada con sus temas de pareja, de definición de género, y también con su hija Andrea, algo subida de peso –¿por qué no decir como los otros que está gorda?–. Hasta con su pasado. Todo era alimento para la fabricación de veneno de Alice.

«Y ahora, el papá en esto», pensó Line.

Cuando nació Line, Alice pasó a segundo plano, y a los seis años ya pudo identificar –en su mente de niñita– que su hermana era la causante de sus males. Desde ahí odió a Line, inconscientemente, claro, haciendo lo posible para que le fuera mal en todo.

El amor de los papás hacia Alice efectivamente cambió cuando nació Line, y de ser la princesa de la casa, tuvo que aceptar que ellos también debían cuidar a su hermana y recibir todos esos comentarios sobre lo divertida que era Line, tan espontánea, con chispa, y tanta energía, que aprendía todo tan rápido, que era tan inteligente y que nunca habían visto a alguien así.

Y Alice pensaba: «¿Y yo?»

Line se devolvió a la oficina, pues sentía que debía darle una explicación a Rodrigo, su jefe, ya que lo veía complicado con sus ausencias y excusas, y ella lo apreciaba mucho, además, tenían una muy buena relación. Lo último que ella quería era perjudicarlo, pues sabía que él la defendería y tampoco se trataba de abusar de la amistad.

Durante el trayecto de vuelta a la oficina, miraba por la ventana del taxi de forma distraída, sin ver nada en particular, y no supo por qué, pero le volvió a su mente la frase:

"Y si aquellos días no fueran acortados, nadie se salvaría; pero por causa de los escogidos, aquellos días serán acortados. Y si Dios no acortara ese tiempo, no se salvaría nadie; pero lo acortará por amor a los que ha escogido".

Y le apareció la imagen de Doña Alzira, diciéndole:

–Estás en un serio peligro, niña. Tienes que hacer algo, de otra forma alguien puede morir.

Se gritó a sí misma: «¡Doña Alzira! ¡Apenas salga de la reunión con Rodrigo la llamo! Chuta, ella sabe qué pasa. Yo tan huevona, no me di cuenta, y peor, le dije que se quedara tranquila y que yo sabía lo que pasaba. ¿Seré tan bruta?»

Rodrigo Soza, el jefe de Line en el banco, la conocía desde cuando estudiaron juntos en la universidad. Él estaba casado por segunda vez y tenía tres hijos, dos del primer matrimonio y uno de este último. Le gustaba mucho andar en bicicleta los fines de semana y no era amante de la tecnología. En el banco era un administrador de los recursos, y por eso lo tenían como subgerente de producción. Era conocido por ser muy leal y derecho con su gente y había logrado mantenerse después de muchos cambios entre fusiones y despidos.

Con Line nunca habían sido súper amigos, pero se decían "amigos" por todo el tiempo que se conocían, así como por las historias paralelas que tenían cada uno y que entre almuerzos en la cafetería se habían ido contando.

Cuando Line llegó a la oficina, pasó por la puerta para ver si Rodrigo estaba disponible y le preguntó si podía robarle unos diez minutos. Rodrigo le dijo que era urgente que conversaran, pues ella lo estaba dejando en una posición muy complicada. No solo no le había funcionado lo que tenía que hacer ayer –y lo cuestionaron mucho por haberla escalado para hacer ese trabajo– sino porque además, debía informarle que sus credenciales[6] aparecieron en la mañana siendo usadas para entrar en áreas vedadas del sistema del banco, y sus huellas digitales estaban por todas partes, mostrando que había ocurrido un "hackeo", supuestamente hecho por ella.

Line, tremendamente espantada y sorprendida con la noticia, exclamó de inmediato:

–¿Qué? ¡Es imposible! ¡Yo jamás haría eso! ¡Y no lo hice!

–Lo sé, pero son tus credenciales las que fueron usadas y se supone que son súper seguras, a menos que alguien te las haya "hackeado" o

---

[6] Claves de acceso, como nombre de usuario y passwords.

hayas sido tú. Sorry, pero las evidencias por ahora están en tu contra. Lo siento mucho, Line, pero desde la Contraloría del banco han solicitado un informe al área de Auditoría Informática Interna. Se hará una investigación sobre el suceso y hasta que no concluya el proceso, siento decírtelo, pero estarás suspendida de tus funciones y ya no tienes más acceso a los sistemas desde ahora. Por suerte, logré que esto funcionara a la buena, pues nadie te puede incriminar hasta el final de la investigación, y te daremos un par de días de licencia mientras que todo se aclara. ¿Vale? –le dijo Rodrigo.

–Igual lo siento mucho –le volvió a repetir él.

Line respondió de inmediato:

–Pero si no tengo nada que ver con esto… ¿Qué más puedo decir y hacer? Alguien está queriendo incriminarme. Bueno, tengo certeza de que saldré bien parada. Muchas gracias de todas formas, Rodrigo. Siento que te esté poniendo en aprietos.

–Tranquila, seguro todo saldrá bien y sabremos pronto qué está pasando. Confiemos –añadió Rodrigo tras escucharla.

TARDE Y ANOCHECER, DÍA 2

Line salió de la oficina de Rodrigo y bajó hasta un boliche que estaba al lado del edificio para tomarse un café, fumarse un cigarro y llamar a Doña Alzira.

«Qué miseria», se dijo, «tengo que esconderme de todo el mundo para que no me vean que todavía fumo. Me da una lata terrible si me encuentro con algún compañero de trabajo o de los cursos de desarrollo humano. Les cuesta entender que nunca he tenido las más mínimas ganas de dejar el cigarro. Y no sé por qué me hinchan tanto con eso y me siento policiada».

«¿La dura? Quiero parecer cool y resuelta, me da lata tener que justificar que no quiero dejar de fumar. Me gusta. ¿Y qué tanto? Me miran como si fuera anormal –bueno, sé que no soy normal– que es distinto a ser anormal, y un gil hasta me dijo que parecía que había tomado la decisión de suicidarme de a poco con cada pucho. Le dije suavecito: ¿Eres huevón o estás entrenándote? Y se molestó el muy huevas».

«Mira qué loco. Finjo para todos que estoy resuelta, que todo me funciona, que soy cool. ¿Seré tan estúpida? ¿Por qué me molesta tanto que otros me vengan a decir: "No sabes que el cigarrillo te hace mal"? ¿Serán tan brutos que no saben que lo sé? En el mismo momento quiero decirles una pachotada: "Respirar el aire de Santiago es tan malo como fumar. Igual te vas a morir". Con ese comentario me dan más ganas de fumar. Voy a pedir el café y llamo ahora mismo a Doña Alzira».

–Hola, Doña Alzira. ¡Buenas tardes!

–Hola, Line, qué gusto en saludarte. Estaba esperando tu llamada.

Line se dijo, «¿Cómo que estaba esperando mi llamada? ¿Será loca?»

Y Doña Alzira respondió:

–Puedo imaginarme el tipo de cosas que te han pasado y lo que podría seguir. Si quieres mi ayuda, necesitaría que vinieras a mi casa. Mejor en persona. ¿Ok?

Line le preguntó cuándo podría ir a hablar con ella, a lo que Doña Alzira respondió con un "ahora mismo".

–Te seguirán pasando cosas raras. Mejor que vengas luego. Si algo extraño te vuelve a ocurrir en el camino, recuerda lo que te dijeron cuando estabas muy pequeña y no vivías acá. En ese momento ya te mostraron quien eres.

Line pensó, «Me dijeron tantas cosas cuando era pequeña, que no entiendo a qué se refiere Doña Alzira exactamente. Y cómo ella puede saber qué me dijeron. Esto que dice es tan vago. De repente mi mamá le contó algo».

Line no se preocupó demasiado por esclarecerlo en ese momento y convinieron con Doña Alzira en que iría a su casa de inmediato. Pagó la cuenta del café y tomó un taxi en dirección a Maipú.

Line se dijo, «Qué lata, me saldrá súper caro ir donde Doña Alzira. Claro, ahora me quejo de no tener auto. Ay, ay, tengo que llevar mi auto chocado al taller para arreglarlo. Más pega y lucas. Me quejo porque tengo auto, y porque es súper caro mantenerlo. Me quejo porque no lo tengo y porque es caro tomar taxis. O sea, me quejo por todo. Tampoco es que me queje por todo. ¿Será que alguien me entiende? Solo quiero que las cosas salgan a mi pinta. Peor. Controladora. ¿Es mucho pedir?»

Line se dijo, «Del banco hasta Maipú es una buena tirada, voy a hacer algo para aprovechar el tiempo».

Quería llamar a su hija Andrea para decirle que todavía tenía mamá, ya que no se veían ¡hace casi dos días! Vivían juntas, pero, pucha, estos días han sido tan raros.

Entonces le mandó un mensaje por WhatsApp para ver si podía hablar y le respondió que sí. Al instante se dijeron que se echaban de menos, que se querían mucho y pena que no se habían podido ver.

Line le preguntó si había encontrado las cosas que le había dejado para comer y cómo le había ido en el colegio, a lo que Andrea respondió que sí y nada nuevo… la misma lata de siempre.

Line le contó, muy a la rápida, que le estaban pasando cosas muy raras, medio en clave medio entrecortado, ya que no quería que el chofer del taxi se enterara de su vida, «o le diera susto llevar una mujer embrujada», pensó riéndose.

Line siguió conversando con su hija y no se percató de que ya estaba por llegar a la casa de Doña Alzira.

Empezó a decirle a Andrea que iba a tener que cortar, y se despidió con un "hoy sí nos vemos más tarde en la casa". Le pagó al conductor del taxi y se bajó.

Mientras se arreglaba la ropa después de bajar del taxi, vio cómo este se alejaba rápidamente y se dio cuenta de que estaba al otro lado del edificio de Doña Alzira. Había muy poca luz y un auto tapaba la visión del portón de entrada al edificio.

Caminó para cruzar la calle. En ese momento no circulaba nadie por ahí. Y se quedó helada.

Frente a la reja del edificio de Doña Alzira, en el medio del portón, estaba ese perro-lobo que la había seguido la primera vez que vino, y que después había aparecido en Providencia.

«Maldito», pensó, «es realmente una caricatura de perro-lobo de películas de terror, esos que saltan al cuello y te matan. Qué mal que me repita eso. No me ayuda».

Mientras estaba parada y helada, sin saber qué hacer, el viento le decía al oído:

– *Y si aquellos días no fueran acortados, nadie se salvaría; pero por causa de los escogidos, aquellos días serán acortados. Y si Dios no acortara ese tiempo, no se salvaría nadie; pero lo acortará por amor a los que ha escogido.*

El perro-lobo claramente estaba en el portón para impedir que ella entrara al edificio, gruñía muy fuerte y nuevamente le mostraba sus colmillos para alejarla de ahí. Movía su cuerpo en un permanente avanzar y retroceder. Listo para saltar y matar.

Line, en estado de sorpresa total, no sabía qué hacer, y en su parálisis pensó, «El perro-lobo me tiene. Si avanzo me ataca y me mata. Si corro, me persigue y me mata igual».

A su mente llegó como un rayo la frase de Doña Alzira: «Recuerda lo que te dijeron cuando estabas muy pequeña y no vivías acá».

Sin saber en qué momento ocurrió, ella empezó a mirar fijamente al perro-lobo y el perro-lobo la miraba fijamente a ella. Entre ambos se fundieron las miradas, se hicieron una, y se perdieron en el medio de ningún lugar.

En ese trance, Line sintió que ya no era más solo ella, pues su visión aparecía diferente. Estaba en un espacio y tiempo que no pudo identificar.

Era ella y no era ella.

Era también algo o alguien difícil de precisar.

Tuvo la impresión de que había saltado como una felina grande, una gran gata, sin siquiera moverse, que había agarrado al perro-lobo por el cuello con ferocidad, con mucha fuerza, y lo había tumbado en el suelo, dejándolo inmovilizado, presionándolo tanto que casi no podía respirar.

El perro-lobo estaba ahora tendido, botado, sin sentido, y ella también en el suelo, con su rodilla presionando el cuello del animal, mirando cómo este se debatía entre la vida y la muerte, con su respiración totalmente sometida a la voluntad de Line.

Line no sabía qué había pasado, y tampoco entendía cómo lo había hecho, solo se percató de que su ropa estaba muy sucia y tenía algo de sangre.

Curiosamente no tenía miedo por la experiencia que había vivido. «¿O no había pasado nada y nada de eso era real?», se preguntó.

Miró nuevamente al perro-lobo, y lo soltó diciéndole:

—Te perdono la vida para que seas mi guardián.

El perro-lobo se había levantado a duras penas, y cojeaba. Empezó a alejarse de Line, no sin antes darle una mirada extraña, entre odio, respeto y agradecimiento, hasta escaparse y desaparecer de ese extraño lugar donde todo ocurrió.

Cuando Line recuperó su propia mirada, se dio cuenta de que el perro-lobo no estaba más, y tenía el camino libre para entrar y subir las escaleras que la llevarían con Doña Alzira.

ANOCHECER Y NOCHE, DÍA 2

Line subió las escaleras del edificio, tocó el timbre y de inmediato se abrió la puerta.

Al verla, Doña Alzira se asustó con el semblante que traía Line, y más con lo sucia que estaba.

Line empezó a relatarle todas las cosas raras que le habían pasado, hasta lo que había ocurrido recién en la reja cuando se reencontró con el perro-lobo.

Doña Alzira le ofreció cambiarse de ropa y le dijo:

–Justo tengo algo que te puede servir. –Le trajo la ropa y un té–. Después me devuelves la ropa. No hay problema.

Doña Alzira le comentó a Line:

–Te han hecho un trabajo de *macumba de los pesados*, de esos que hace gente mala para matar a otros, y en este caso puedes ser tú, o alguien que quieres mucho.

Line le preguntó cómo sabía eso. Y Doña Alzira le contó que seguía una religión llamada "Umbanda", y le había sucedido algo similar en otra época. Lo había pasado muy mal en ese entonces.

–¿Pero qué religión es esa? –preguntó Line.

Y Doña Alzira le explicó que es una religión de origen brasileña con más de cien años de antigüedad y que tiene sus raíces en los cultos traídos por esclavos africanos a Brasil, desde el siglo XVII.

–¿Pero es como magia negra? –le preguntó Line a Doña Alzira.

–¡Nada más alejado de eso! –le respondió.

Pero Line replicó:

–No entiendo. Usted me dice que alguien quiere matarme, y dice que es de esa religión. ¡Qué locura! Estoy realmente en un tema de brujería.

Doña Alzira le fue aclarando poco a poco.

–En la Umbanda se considera que existen espíritus luminosos o entidades que se incorporan en ciertas personas que tienen la competencia para recibirlos, y estos espíritus traen mensajes, pueden dar consejos y ayudarnos a conseguir cosas que queremos. Estos espíritus se llaman "Orixás" y son fuerzas naturales. Pero como te puedas dar cuenta, cuando una persona pide una cosa que es buena para sí misma, también puede ser mala para otra. Por alguna razón, alguien ha pedido que ocurran las cosas que te están pasando, o son consecuencias de lo que se pidió; pareciera que no sabes por qué.

Luego Doña Alzira le narró su propia experiencia.

–Cuando era joven y estaba casada, alguien quiso sacarme a mi marido. Una mujer había intentado conquistarlo, pero mi marido no mostró interés y la mujer le había dicho que nunca estaría con otra mientras ella estuviera viva. Entonces, esta mujer buscó a alguien para que me hiciera una "Macumba", con el propósito de matarme. La muy desgraciada creía que tendría la oportunidad, conmigo muerta, de quedarse con mi marido, por supuesto, consolándolo.

–Lo pasé muy mal –le dijo Doña Alzira a Line, casi llorando.

Le contó a Line que tenía una amiga, a quien le había confiado todo lo que le estaba pasando. Su amiga era de la "Umbanda" y la llevó a ver a un "Babalorixá"[7] cuyo nombre era Joãozinho de Xangô[8], brasileño

---

[7] El babalorixá, o baba, es un sacerdote que ha pasado por todos los preceptos y obligaciones exigidas para tal cargo. Es el líder y jefe de un terreiro de Candomblé Ketu, y de algunas de las religiones afrobrasileñas, donde el cargo de babalorixá es igual al de iyalorixá.
[8] Xangô, orixá de la justicia, del fuego, truenos y rayos.

que vivía en Santiago, y que además tenía aquí mismo un "Axé"[9] o "Centro de Umbanda" (o "Terreiro"), cerca de la Estación Central.

En realidad a Joãozinho de Xangô lo llamaban "Pai Joãozinho de Xangô"[10], o de forma más cariñosa solo "Pai Joãozinho", ya que desde que había llegado a Santiago por razones familiares, y se había casado con una chilena, había ayudado a muchas personas y era muy querido por todos. Consciente de sus capacidades de medium, había empezado a auxiliar a algunas personas, y luego fueron tantas, que al final se dedicó por completo a ello. En realidad, no muy distinto a lo que ya hacía en Brasil, donde era muy respetado y querido por su humildad, sabiduría y espiritualidad.

Line, todavía asombrada con estas historias, le confesó que de chica, cuando vivían en Brasil, había acompañado muchas veces a su madre a "Terreiros". Ahora recordaba una ocasión en especial, cuando tenía unos diez u once años, y que una señora vestida totalmente de blanco –se llaman "Mãe de Santo"[11], le aclaró Doña Alzira– la había llamado a un costado, y le puso la mano derecha en la frente, le sopló el humo de un puro en la cara, y le dijo dos cosas:

–Tendrás una hija y te harás cargo de ella para toda tu vida. Eres pequeña ahora, pero recuerda, eres una de nosotros, y esta es tu casa. Siempre estarás con nosotros, pues eres una hija de Ogum[12].

---

[9] Poder, energía sagrada, fuerza mágica que sostiene los Terreiros, energía positiva. Cada uno de los objetos sagrados de los Orixás (piedras, fierros, contenedores, etc.) que se encuentran en el Congá (altar o cuarto del Santo) de las casas Candomblé (terreiros, centros). Buena suerte (interjección)! Salud! (a veces es igual a "Amén" de la religión católica).

[10] Padre (como papá) Joãozinho de Xangô.

[11] Madre de Santo es una especie de sacerdotisa en la Umbanda y en el Candomblé.

[12] Ogum es un Orixá querido y respetado. Es un guerrero que nunca claudica en su batalla y se representa muchas veces como "San Jorge". Las personas en peligro que buscan ayuda y necesitan protección, acuden a Ogum, pues como guerrero lucha hasta lograr la victoria. Es tierno y cariñoso. Es hijo de Iemanjá, y hermano mayor de Exú y Oxóssi, por quien siempre tuvo una gran estima.

Line le preguntó a Doña Alzira si la Antonia le había contado eso alguna vez.

Ella la miró con candidez, sonrió y le dijo:

–No es necesario que me lo contara. Sabemos reconocernos y ver qué cosas pasan por nuestras vidas; eso es por la energía que tenemos y transmitimos, que nos dice quiénes realmente somos, a pesar de que muchos quieran esconderlo, o negarse a sí mismos la posibilidad de encontrarse. Igual, siempre lo sabemos.

Doña Alzira se levantó y le preguntó a Line si podía ponerse de pie.

En ese momento, Doña Alzira puso su mano izquierda sobre los ojos de Line, forzándolos a que cerraran y empezó a decir una especie de rezo que a Line le sonaba como:

–*Ogum, baba mi: olubori ti ẹjọ, olutọju ti o lagbara ti awọn ofin, pipe ni baba ni ọlá, ireti, igbesi aye ni. Iwọ ni ore mi ninu ija si awọn alaitẹgbẹ mi. Ojiṣẹ ti Oxalá - Omo OLORUN. Oluwa, iwọ ni tamer ti awọn ikunsinu ti o mọ, wẹ pẹlu idà rẹ ati ọkọ rẹ, iwa mimọ ati iwa aimọkan mi.*

Ogum, arakunrin, ọrẹ ati alabaṣiṣẹpọ, tẹsiwaju ninu iyipo rẹ ati ni wiwa awọn abawọn ti o kọlu wa ni gbogbo igba. Ogum, Orixá ologo, jọba pẹlu phalanx rẹ ti awọn miliọnu awọn jagunjagun pupa ati ṣafihan aanu fun ọna ti o dara si ọkan wa, ẹri-ọkan ati ẹmi. Shatter, Ogum, awọn ohun ibanilẹru ti o ngbe iwa wa, lé wọn jade kuro ni ilu kekere.[13]

---

[13] Ogum, mi padre: ganador de la demanda, poderoso guardián de las leyes, llamarlo padre es honor, esperanza, es vida. Eres mi aliado en la lucha contra mis inferioridades. Mensajero de Oxalá - Hijo de OLORUN. Señor, eres el domador de los sentimientos espurios, purifica con tu espada y lanza mi carácter consciente e inconsciente. Ogum, hermano, amigo y compañero, continúa en tu ronda y en la búsqueda de los defectos que nos asaltan en todo momento. Ogum, glorioso Orixá, reina con tu falange de millones de guerreros rojos y muestra de lástima el buen camino hacia nuestro corazón, conciencia y espíritu. Ogum, los monstruos que habitan nuestro ser, los expulsan de la ciudadela inferior.

Line sabía que Doña Alzira la estaba llevando a algo como un trance, y empezó a sentir que ya no era solo ella quien estaba en su cuerpo. Era ella y alguien más.

Doña Alzira seguía con la mano sobre sus ojos, repitiendo las mismas palabras, que ya tenían un ritmo de oración con mezcla de canción.

«Como un lamento», pensó Line. Se percató ahora de que estaba en otro lugar.

Se encontraba en un valle cubierto de verde, rodeado por montañas, un lugar muy lindo, y ella estaba sentada en un sillón, mirando desde la entrada de una cueva hacia el valle; a su lado izquierdo tenía al perro-lobo, que parecía estar protegiéndola. Arriba, venía volando un águila en dirección a ella, que estaba aleteando, lista para posarse en el brazo derecho del sillón. Abajo, a sus pies, un trébol de cuatro hojas.

Había poca luz, pero al mirar hacia el frente, desde la entrada de la cueva, y a unos cien metros de ella aproximadamente, vislumbró a una mujer que sostenía una espada. La mujer se percató de su presencia y se dio vuelta.

Line notó que la mujer estaba protegiendo algo, y si ella se levantaba o intentaba aproximarse, la atacaría.

Su rostro mostraba rabia y agresividad hacia ella.

Al observar con detención, se dio cuenta de que esa mujer le resultaba familiar. Era su amiga Celeste.

Noche, día 2

Tan pronto Line supo que en su mente había aparecido la imagen de Celeste, abrió los ojos y se percató de que su corazón latía como si hubiera estado corriendo, a pesar de que permanecía inmóvil.

Le costó unos dos a tres minutos estar presente con Doña Alzira, quien esperaba en silencio a que ella volviera, desde donde sea que hubiera estado.

Una vez consciente, Doña Alzira le preguntó si quería decir algo.

Line le respondió que había estado en un lugar que creía conocer, pero no estaba segura. Se sentía muy confundida.

—He reconocido a una persona. Ella es mi amiga, o creía que era mi amiga. En lo que recién viví, se veía muy molesta, pero no sé bien con quién o por qué.

Doña Alzira miró hacia el suelo, luego hacia el techo y respiró hondo. Le explicó:

—Lástima que no puedo ayudarte más de lo que ya he hecho hasta ahora, aparte de seguir acompañándote. Percibo que las fuerzas de los espíritus que están en juego contra ti son demasiado fuertes para que yo les haga frente. Esas fuerzas me podrían dañar a mí también. —Y añadió.— Es fundamental que vayas a hablar con mi Babalorixá.

A estas alturas, Line ya estaba totalmente entregada a sus circunstancias, y como consideraba que lo que estaba viviendo no tenía ninguna lógica, ya no le importaba hablar con quien fuera, a pesar de que no lograba imaginar qué haría.

Line le aseguró que iría donde ella le indicara. Entonces Doña Alzira fue a su habitación y se escuchó su voz hablando con alguien.

Al regresar unos minutos después, le comentó a Line que Pai Joãozinho, su "Pai de Santo" –es como un sacerdote, le aclaró– la podría recibir mañana a las once.

–¿Puedes ir?

Line le pidió a Doña Alzira si podría acompañarla.

–Claro que sí. –Le dio la dirección–. Nos juntamos allá mismo, en el Centro Nueva Esperanza a la hora acordada.

Line le agradeció todo lo que estaba haciendo y la ayuda, preocupación y cariño que le había entregado.

Le dijo también que no habría sabido qué hacer sin ella, aparte de volverse loca e ir a un terapeuta, y que ahora ella era una luz de esperanza en su vida para salir desde donde se encontraba.

Doña Alzira le respondió que podía quedarse tranquila, que ella nada más cumplía su obligación. Esto era parte de los deberes que tenía para con los suyos.

También le dijo a Line que así como ella estaba siendo ayudada, también tendría que ayudar a otros en este nuevo camino que emprendía, al ser parte de ellos. Y le preguntó si estaba consciente de eso.

–Por supuesto, siempre estaré dispuesta para ayudar a otros. Buenas noches, Doña Alzira. –Y se dispuso a volver a su casa.

¡Qué tarde! No se había dado cuenta. Eran casi las ocho de la noche.

Llamó un taxi y este llegó prácticamente de inmediato, pues había un paradero cerca de la casa de Doña Alzira.

Camino a su departamento decidió llamar a Antonia.

—¿Cómo está el papá?

Ella le contó que no estaba bien. Que apareció una complicación. Pareciera que la presión cerebral se ha incrementado. Y los médicos todavía no tienen muy claro qué puede ocurrir.

—O tal vez sí saben, pero no me lo dicen. —Acto seguido, Antonia le cortó el télefono.

Entonces Line decidió llamar a Andrea, pero sonaba ocupado. «Por suerte este taxista es de los silenciosos», pensó. «Qué historia tan rara esa que vi en el trance… y que hubiera aparecido Celeste…»

«La última vez que la había visto fue cuando nació Andrea, ¡hace ya casi dieciséis años! Y antes, había sido para el matrimonio con Gustavo. Aparte de eso, solo contacto por email, unas pocas llamadas y redes sociales. Hacía mucho tiempo que no tenía noticias de ella».

«Había sabido un poco por algunas parejas que tuvo, pero que nunca le habían resultado, por una u otra cosa. O sea, estaban igual», pensó.

Decidió llamar a Rodrigo, a pesar de la hora, para saber cómo iba la investigación. Este atendió de inmediato y le comentó que el proceso seguía su curso, que no tenía mucha información y que lo perdonara, pues si la tuviera, tampoco podría dársela.

Rodrigo le dijo que se quedara tranquila, que cuando tuviera respuestas él mismo la llamaría y que por ahora se tomara más días de licencia, hasta nuevo aviso.

Volvió a llamar a Andrea y ahora sí contestó. Line le dijo que llegaría como a las 8:45, si pudieran conversar un poco.

—Claro que sí, yo te espero, y si quieres te acompaño a comer algo. Yo ya comí, eso sí. Es que tenía mucha hambre.

Durante el trayecto en taxi su mente viajó a Brasil y pensó en su curso del María Imaculada, en las compañeras y amigas del colegio, que oscilaban entre treinta y cuarenta niñas, y cómo ella era muy motivada y participativa en todo. Además, su clase era identificada como la de las buenas alumnas.

Recordó también que cuando tenía quince años, lograron convencer a sus papás para hacer un viaje durante las vacaciones de invierno, e ir una semana a la ciudad de Gramado, cerca de Porto Alegre, en Rio Grande do Sul.

Ella supo que hubo típicas reuniones de apoderados, donde discuten y discuten, para finalmente acceder al viaje –las niñas eran tan buenas, decían– y solo faltaba definir una cantidad de madres que quisieran viajar para apoyar (dígase vigilar) a las niñas.

Ella estaba muy animada y feliz, pues ya imaginaba cómo serían los días y noches siempre riéndose de todo y de nada.

Estaban muy curiosas de lo que pasaría durante las noches, pues ya había varias planificando cómo harían para tomar alcohol y hacer fiestas "silenciosas", después que las mamás se durmieran.

Claro que Antonia María no se prestaba para ese tipo de viajes.

–Cosas de gente tonta y sin nada que hacer –decía ella.

El viaje de ida y vuelta había salido perfecto. El plan era hacer el tramo São Paulo - Porto Alegre en avión y Porto Alegre - Gramado en bus, y lo mismo para la vuelta.

La primera noche, cuando llegaron a Gramado desde Porto Alegre, estaban muy cansadas, a pesar de que igual tenían cuerda. Pero prefirieron entender cómo eran los arreglos que hacían las mamás, y una vez que lo tuvieran claro, se moverían de manera que sus guardianas no sospecharan sobre lo que ellas hacían.

Al día siguiente, las niñas salieron tipo diez de la mañana a recorrer la ciudad a pie. Era temporada de vacaciones y había muchos turistas, como ellas, y varias quisieron vitrinear, pues tenían la idea de comprarse ropa nueva. Y así se pasaron todo el día, hasta después de la comida.

Esa noche, esperaron a que las mamás se fueran a dormir y, como lo habían acordado, se dividirían en cuatro grupos de ocho niñas aproximadamente, y cada uno iría a habitaciones distintas, pues eran espacios pequeños, y querían cuidarse de no hacer ruido para pasar desapercibidas.

Line llegó al cuarto de una de sus amigas, y poco a poco empezaron a llegar las otras; y al instante sacaron botellas con trago.

Primero se pusieron a conversar, se rieron, y una dijo:

–¿Por qué no bailamos?

Pusieron música y empezaron a moverse, fingiendo que eran parejas, y se rieron más todavía, pues lo estaban pasando estupendo. El tiempo volaba en esa noche que las tenía tan entretenidas, pero ya se les hacía tarde, y todas estaban muy cansadas y algunas bastante borrachas.

Las habitaciones estaban designadas con anticipación, pero ellas habían descubierto que nadie controlaba nada y les preguntaron a las mamás si habría algún problema con cambiarse de habitación, a lo que ellas respondieron que no, siempre y cuando no salieran del hotel y les avisaran dónde estarían.

Ni modo de salir del hotel, pues durante esa época del año, las temperaturas nocturnas en Gramado son cercanas a los cero grados Celsius.

Algunas partieron a sus mismas piezas y otras se cambiaron para estar con sus más amigas.

Line tenía bastante alcohol en el cuerpo pero igual lo resistía bien, así que cuando Celeste le preguntó si podía irse a su habitación, respondió que sí –a pesar de que no la conocía mucho– y le pidió que primero hablara con su compañera de cuarto, que era Johanna, para saber si ella se cambiaría o no.

Así lo hizo Celeste de inmediato, y con una sonrisa pícara le explicó que Johanna ya tenía arreglado cambio de pieza también.

Entonces se fueron juntas, en silencio, a su pieza. Una vez que entraron, cada una se acostó en su propia cama, como a descansar un poco.

–¿Quieres ver tele? –preguntó Celeste.

–No, estoy cansada, aunque no tengo mucho sueño –contestó Line.

Así que Celeste propuso:

–Mejor conversamos un rato.

Celeste comenzó a hablar, que sabía que no eran muy amigas, pero que siempre había querido serlo, y nunca supo cómo aproximarse a ella, hasta ese día. Que siempre veía a Line de líder con sus amigas y como ella era de otro grupo, que no es que se llevaran mal, pero simplemente no se juntaban con su grupo.

Line comentó que no tenía idea que ella pensara así y que le daba pena que no se hubieran aproximado antes.

–No te compliques con eso. Ahora seremos amigas –dijo Celeste.

Mientras conversaban, Line se levantó para ir al baño.

–Ya vuelvo, me voy a cambiar.

Regresó unos minutos después con su piyama puesto y se acostó.

Luego Celeste partió al baño y al volver asomó su cabeza para ver si Line estaba despierta, y le pareció que estaba quedándose dormida, pues le daba la espalda y no podía verla bien desde donde estaba.

Celeste se desvistió en silencio y corrió a meterse en la cama de Line.

Line de inmediato sintió el cuerpo desnudo de Celeste junto a ella, bajo sus frazadas, rozando sus piernas, y sus senos tocando su espalda.

Entonces Celeste, en un movimiento rápido y sin darle tiempo de pensar, se subió sobre ella y la besó intensamente. Line, tomada por sorpresa, en su necesidad de cariño y sexo, respondió con pasión.

NOCHE, DÍA 2. MAÑANA, DÍA 3

Finalmente el taxi llegó a su departamento.

Ahí estaba Don José, el conserje malhumorado, siempre con cara de perro molesto.

Cuando Line lo veía, pensaba, «¿Por qué cresta tengo que ser gentil con él y preocuparme de caerle bien? ¿No debiera ser al revés?»

Al pasar delante suyo para tomar el ascensor le hizo un saludo con simpatía y reverencias, para que él "no se molestara".

Cuando abrió la puerta de su departamento, Andrea salió corriendo, la abrazó, besó, y dijo:

–¡No te veo hace casi dos días! Te he echado de menos.

–Yo también te he echado de menos, Andrea. He estado viviendo situaciones súper raras. No sé por dónde empezar a contarte.

Andrea le respondió con cara de pena, "pucha, qué lata", y acto seguido, se puso a hablar sobre las cosas que le habían pasado en el colegio. Que estaba apestada con un profesor de Física, que no entendía que ella no tenía ningún interés en su clase y que la trataba pésimo y que estaba súuuuper complicada con una amiga, la Pancha, que ya no quería ser más su amiga, pues ahora la Pancha era amiga de una que no era su amiga, la Fernanda, y que eso la tenía mal, mal, mal, ¿cachai? Y para más remate ella estaba enamorada de Óscar, pero en realidad, no sabía si realmente era de Óscar o de la Pancha. "¿Me entendís?"

Y Line, mientras escuchaba la avalancha de cuentos que salían de Andrea, pensó, «Mejor no le cuento. Está en otra en su vida, y contarle no la va a ayudar en nada».

Entonces se dedicó a escucharla, ya que seguía hablando y las únicas opiniones que le pedía eran si a ella le parecía o no tal o cual cosa, y con respuestas monosilábicas quedaba muy feliz.

Tres cosas le preocupaban a Line sobre su hija Andrea. La primera era que se cuidara y no le fuera a pasar nada malo, pero no sabía ni cómo advertirle en relación a qué debía estar atenta. Lo segundo era que Andrea estaba con algo de sobrepeso; y lo tercero, que no tenía muy claras sus preferencias sexuales ni su identidad de género.

Cierto que a ella como mamá no le importaba eso, pero, y ahí venía el pero: Alice, en la casa de sus padres, se había aprovechado de Andrea para saber qué cosas le pasaban, y como niña ingenua que era, viendo que tenía a la tía dispuesta a escucharla, le contó todos los rollos. «O sea», pensó, «mi mismo error con la queridísima tía Alice».

Alice le contó a sus papás todo lo que Andrea le había confiado. Que su nieta, con el permiso de Line, iba a fiestas donde todos se besaban con todos, que tomaba drogas y que había pololeado con niños y niñas, y Line, sin control ninguno sobre su nieta, dejaba que ella hiciera lo que le daba la gana.

Se hacía tarde, y se habían puesto al día con sus cosas, a pesar de que solo Andrea había hablado.

Se dieron un beso de buenas noches y se fueron a acostar a sus respectivas piezas.

Esa noche Line no tuvo el sueño recurrente, lo que la dejaba muy contenta y despertó un poco más tarde de lo normal, tipo siete, cuando en general se despertaba a las seis y media.

Igual escuchó que Andrea ya se había vestido y estaba tomando desayuno, así que aprovechó para acompañarla.

Andrea, independiente del día y hora, era como una radio Am encendida 24 horas, y tan pronto Line la saludó con un beso y se dispuso a preparar el desayuno, le estaba diciendo miles de cosas en un torbellino de ideas, imágenes y muchas personas que iban y venían. Line ya sabía que lo más importante era solo escucharla, pues «de opinar sobre alguna cosa, sería pelea y para qué», se decía.

Andrea salió para el colegio y Line aún tenía un par de horas antes de ir al Centro Nueva Esperanza para encontrarse con "Pai Joãozinho" y Doña Alzira, por lo tanto, decidió primero alistarse y en el tiempo que le sobraba revisaría correos y si le quedaba más tiempo, redes sociales.

Una vez lista, tomó su computador, abrió el correo y empezó a leer, a borrar, a responder rápidamente los mensajes más simples y a dejar los demás en pendiente para contestar en otro momento del día.

De repente, le llamó la atención un email con el subject: "Si quieres saber lo que está pasando, lee esto".

«Estos tipos ya no saben qué hacer. Después de la estafa del Príncipe Africano que dejó cien millones de Euros sin herederos, que justo te había escogido a ti para compartir la herencia, si le enviaras una factura… Como ya habían "cachado" esa estafa, ahora esta».

«Pero qué raro que no se fue a la bandeja de Spam…» Entones decidió abrir el correo y leyó lo siguiente:

"Tu padre y tu hija van a morir, para que sufras el resto de tu vida y tengas tiempo de arrepentirte".

Line se puso helada… sus manos temblaron y pensó, «entonces no hay espíritus, son gente real que me quiere hacer daño».

Se fue directo a ver el remitente, pero era de esos típicos emails enviados a través de muchos servidores usados como espejos y que finalmente camuflan su verdadero origen.

«Todo esto puede ser solo de hackers. Tal vez esté conectado con el tema del hackeo del banco. Pero, ¿qué hay con lo del cementerio y lo del perro-lobo?»

Entonces, de súbito, sintió en su estómago algo como una patada de un caballo, se dobló del dolor, y acto seguido, estiró su cuerpo entero. Cuando volvió en sí, después de unos treinta segundos, desde lo más profundo, gritó:

–¡Soy hija de Ogum!

Nuevamente tenía la impresión de que ya no era más ella y que nada le podría pasar.

Se imaginó una súper mujer, aunque sabía que no lo era, y que tampoco existían. Pero tenía certeza y consciencia de que ya no era solo ella en su cuerpo. Era ella y alguien más, o tal vez varios o varias más.

Miró la hora y sintiéndose muy empoderada, se dijo, «Mejor voy ahora a ver a Pai Joãozinho al Centro».

Mañana, día 3

Line ya estaba por salir cuando escuchó el ruido de un rasguño en la puerta. Desconfiando de todo, se asomó a la mirilla para ver qué pasaba, y no vio nada. Pero el ruido seguía.

Era hora de salir, y con mucha cautela abrió y vio a la perrita de la vecina del frente escarbando con su patita algo que estaba justo bajo su puerta.

«Estoy loca», pensó Line. «La perrita poodle no es exactamente un perro-lobo».

Llegando al Centro Nueva Esperanza divisó a lo lejos a Doña Alzira, muy arreglada, súper peinada y elegante, mirando distraídamente hacia el cielo.

El "Centro" estaba en una de esas casas antiguas del barrio Estación Central, en Santiago. La entrada era una puerta doble pequeña, que hacía pensar que la casa también era pequeña. Pero no. Cuando uno estaba adentro notaba cómo el pasillo llevaba del vestíbulo a un gran jardín cuadrado, con arbustos, flores, y pasto, rodeado por muchas habitaciones.

En ese lugar vivían "Pai Joãozinho", su familia, y otras familias que formaban parte de la comunidad "Umbandista".

Existían varias habitaciones que se usaban para recibir a las personas que necesitaban sus servicios o para reuniones ampliadas. Había una cocina común que era siempre una fiesta entre la cantidad de comida que servían y las muchas personas que solían juntarse a las horas de comer; el volumen de las voces era muy alto y se escuchaban siempre fuertes carcajadas que dificultaban las conversaciones. Ahí también se preparaban las "ofrendas", o platos típicos, para los Orixás. A Ogum le gustaba mucho la "feijoada", entre otros platos brasileños.

Pai Joãozinho saludó a Line y esta quedó muy impresionada con él, pues esperaba alguien fuerte y alto, con un desborde de energía especial. «Y este hombre», pensó, «parece un sacerdote budista pequeñito, con cara redondita, a quien se le nota que adora comer, incluso se ve débil y tiene cara de tan bueno que de inmediato encanta».

Line se dijo, «me cuesta creer que este señor me saque de los líos en que estoy metida».

Pai Joãozinho la hacía sentir como que estaba en otra dimensión; su sensación fue de haber llegado a casa y reencontrarse con un familiar muy querido. «¡Qué empatía, humildad y simplicidad!», pensó.

Pai Joãozinho la miraba sin decir nada.

El silencio era incómodo y él seguía mirándola como si no existiera y con una voz muy baja y grave, le dijo:

–Lo que ves no es lo que es. Lo que entiendes no es lo que se dice.

Line se dijo, «Parece que este hombre habla como Yoda». Pai Joãozinho se dio media vuelta y caminó a una de las habitaciones que estaba al otro lado de la casa y ellas lo siguieron. La habitación era muy blanca y luminosa.

Él se sentó delante de una mesita y le indicó a Line con un gesto y una gran sonrisa que se sentara frente a él. Ella reconoció lo que él iba a hacer, pues tomó unas conchas de mar –que en Brasil son llamadas "búzios"–. Eran dieciséis "búzios" y los había dispuesto en una forma particular sobre un paño encima de la mesa.

Posteriormente tomó algunos de ellos y empezó a lanzarlos gentilmente al medio de los otros "búzios" para que estos se desplegaran frente suyo, como si jugara a los dados.

Line se percató de que algunos quedaban boca arriba y otros boca abajo.

Pai Joãozinho le dijo:

—Los búzios son una forma de oráculo tradicional para consultar a los dioses y espíritus que vinieron de África a América, y están asociados al Candomblé.

Igual ella no le entendió mucho, pero pudo percibir que él estaba en un tremendo trance mientras veía cómo caían y se desplegaban los "búzios", y sin mirarla todavía le contó más de lo que estaba haciendo:

—La Umbanda y el Candomblé son diferentes, pero la Umbanda tiene sus raíces en el Candomblé. Las diferencias parten en la relación con los Orixás, los rituales, el fenómeno de la incorporación, entre otros. El Candomblé fue traído por los esclavos a Brasil desde África y ha evolucionado. La Umbanda es una religión de mi tierra, y mezcla el catolicismo, el espiritismo y las religiones afro-brasileiras. Los Orixás son especies de dioses. En el Candomblé, los Orixás son comprendidos como antepasados divinos que cuidan y equilibran nuestras energías. En la Umbanda, los Orixás son entendidos como espíritus ancestrales, que se comunican con la tierra mediante la incorporación por vía de médiums. Cada "Búzio" que ves aquí corresponde a un Orixá, y son dieciséis.

Entonces, Line quiso saber si podría hacer algunas preguntas a los Orixás, a lo que Pai Joãozinho respondió afirmativamente, y ella comentó que le gustaría entender qué estaba pasando en su vida.

Pai Joãozinho volvió a jugar los "búzios" un par de veces, y le dijo:

—Hay alguien que ha hecho un trabajo sobre ti y se lo ha encargado a un Exú para hacerte daño. Hay mucha rabia y odio contra ti. Los búzios dicen que tendrás que aventurarte en un mundo que no has aceptado y que has negado. Tus "Santos" te han estado enviando mensajes que no has querido oír, explicándotelos de forma racional. Ese mundo siempre ha sido parte de ti y el no aceptarlo ha frenado tu desarrollo. En algún momento tendrás que enfrentar el mal. No te puedes escapar de eso. Quien pidió lo que pidió para dañarte no va a detenerse hasta lograr su objetivo. Puede que quiera matarte a ti o a algún ser que amas.

Si no lo enfrentas, el "trabajo" seguirá hasta que el Exú consiga lo que se le ha encargado. Si lo enfrentas, igual puedes morir, pero al menos, tendrás chances de salir adelante con nuestra ayuda.

Line saltó de inmediato y dijo casi gritando:

–¡Pero si no le he hecho mal a nadie!

Pai Joãozinho todavía vibrando en su misma energía para encontrar respuestas, le dijo:

–A veces hacemos cosas sin saber qué consecuencias traerán para otras personas, y estas pueden considerar que lo que se hizo fue para su mal. En Brasil, la palabra "macumba" designa de manera popular y equivocada la oferta al orixá. El término correcto para esto, en Candomblé, sería "ebó". En Umbanda sería "despacho". Eso fue lo que hicieron contra ti.

–Además –le dijo– como estás con mala energía, es fácil que todo sea peor, pues andas desprotegida. Pero ya te lo explicó Doña Alzira, tienes la suerte de ser una hija de Ogum y para salir de donde estás tendrás que aceptar esta condición y luchar con todas tus fuerzas hasta tener tanta energía positiva que llegues al nivel de enfrentar lo que sea.

Pai Joãozinho se levantó y le pidió "sígueme". Entonces se dirigen a otra habitación de la casa.

De un armario saca un puro, lo enciende y comienza a fumar, mientras le indica a Line que siga de pie frente a él y le suelta el humo en la cara, tal como lo había hecho antes Doña Alzira.

Line empezó a sentirse mareada, pues el olor del puro era muy fuerte, pero Pai Joãozinho seguía soltando más y más humo y más y más, hasta el punto de que en un momento ella dejó de verlo y entonces estaba en Brasil y caminaba por la selva junto a Celeste.

–Estoy cerca de Bertioga y a mi alrededor está la Serra da Mata.

Celeste iba al frente y la llevaba de la mano, porque quería protegerla, y cuidarla para evitar que se perdiera o se cayera.

Line no aceptaba abrir los ojos a las muchas cosas extrañas que había visto en Brasil y como Celeste sí sabía de Umbanda, por su familia, le preocupaba mucho que le hiciera algún mal.

Line sentía miedo de pisar en falso y de repente se sujetó de las ramas de un arbusto, se separó un par de pasos, algo se movió muy rápido y cayó junto a ella. Una culebra, de aproximadamente un metro y medio de largo, que estaba mimetizada con la vegetación.

La culebra se enroscó justo entre Line y Celeste, y estas se paralizaron. Casi no respiraban y solo miraban a la culebra. Esta empezó a hacer un ruido como el de un cascabel y, claro, pensaron ellas, en esta región hay muchas serpientes de la especie "cascabel" y recordaron que los locales les habían advertido, "Si te encuentras con una cascabel, mucho cuidado. Son muy peligrosas, parecen tranquilas y poco agresivas, pero si se sienten en peligro o agredidas, entonces atacan y son mortales".

La serpiente se enroscó más aún, empezó a hacer sonar su cascabel nuevamente, levantó su cuello en una forma de "s", lista para atacar, y se mantuvo estática por unos treinta segundos que parecieron mucho más tiempo.

Como ellas no se movieron, la víbora bajó su cabeza y velozmente se deslizó hacia su izquierda, desapareciendo entre la vegetación.

Ellas se miraron, se abrazaron por el gran susto, y Celeste dijo:

—¿Te das cuenta de que así es la vida?

Line no escuchaba nada todavía, así que Celeste le volvió a hacer la misma pregunta hasta que Line atinó a responder con otra pregunta:

—¿A qué te refieres?

–Es difícil caminar por la vida. En el medio te puede pasar cualquier cosa y te mueres. Necesitas malicia y astucia, y si pisas en falso, animales de todo tipo te pueden morder de manera mortal y lo único que puedes hacer es caminar junto a alguien en quien confías y con quien te puedes ayudar mutuamente –respondió Celeste.

Line respondió que estaba de acuerdo, Celeste se dio vuelta y le dijo:

–Siempre voy a estar contigo.

Line le dijo que ella también. No sabían, claro, que no sería verdad, pues en ese momento estaban enamoradas.

Escucharon gritos desde lejos y eran sus papás que las estaban buscando.

Mañana y tarde, día 3

Line se dio cuenta de que la cortina de humo había desaparecido y que al frente suyo seguía Pai Joãozinho, sonriéndole.

Él, con una mirada perdida, le preguntó si con lo que había visto podía saber más de lo que le pasaba ahora. Line le explicó:

–Sí. Una persona a quien yo creía muy amiga, me tiene rabia y pareciera que quiere hacerme mal. Se llama Celeste, la conocí en Brasil y sabe del tema "trabajos", así que pudiera ser ella quien está haciendo todo esto.

Pai Joãozinho siguió contándole a ella y a Doña Alzira las diferencias entre el Candomblé y la Umbanda, y cómo él entendía y vivía su espiritualidad. Y les decía que la Umbanda había sido revelada –según lo que él creía– por Zélio Fernandino de Moraes y era una mezcla que usaron los descendientes de los esclavos en sus inicios para poder seguir rindiendo culto a sus dioses africanos, pero dentro de un contexto que no pareciera tal y por eso se da un fuerte sincretismo entre el catolicismo y el espiritismo.

–Los dioses en la Umbanda son llamados Orixás y están muy conectados por la naturaleza, además, tienen recursos y características únicas. Estos Orixás nos ayudan a cuidar y a mantener el equilibrio de nuestras energías en función de lo que existe en el Universo. Los Orixás se manifiestan por medio de espíritus en la tierra que son llamados Eguns, almas que pueden formar parte de la Umbanda o no, y que al estar en la tierra quieren asistir y apoyar a las personas en lo que pidan o necesiten. Entonces, ellos pueden ayudar a responder interrogantes que son de interés para el consultante, cosas del pasado, presente, o futuro, como por ejemplo, lo que viste ahora mediante los Búzios, o también pueden ayudar a "limpiar" espiritualmente a alguien, y esto lo hacen incorporados en un médium. En el Candomblé no existe eso de la incorporación en los médiums. Las entidades entregan su ayuda y energía y se comunican a través de los Búzios y su interpretación.

Pai Joãozinho seguía diciéndole:

—Exu es un orixá y protector, que se comunica entre nuestro mundo y el mundo espiritual. Como te puedes dar cuenta, en nuestro "Terreiro" vemos a los Orixás como espíritus que están para enseñar y ayudar a las personas a crecer en la vida. Los eventuales sacrificios de animales ocurren en las fiestas de los Orixás y no en los rituales con las personas. Los cantos te pueden parecer extraños, pues casi siempre vienen del idioma africano Yoruba o del Kimbubdu. Igual pueden cantarse en portugués, y mezclarse con algunas palabras de idiomas africanos.

—Para que también sepas, —le dice Pai Joãozinho a Line— los que tienen mayor ascendencia y dirigen una ceremonia son llamados Babalorixá o Babalaô y si son mujeres, Lalorixá o Ialaorixá, y si dirigen un Terreiro, entonces son Pai de Santo o Mãe de Santo.

Line se quedó en silencio pensando, «¿pero qué podría tener Celeste en mi contra? Cuando terminamos fue porque yo me iba a Chile, y me vine porque mis papás volvían a su país. Ahí ya no podíamos seguir nuestra relación. Ambas tomamos caminos diferentes. Ella se fue a estudiar arte y yo ingeniería. Ella tuvo sus parejas después, y yo las mías. Seguimos siempre en contacto y siendo amigas, nos hemos visitado, y si bien no nos comunicamos a diario, hemos mantenido un cierto cariño a lo largo de estos años. Pensé que era mi amiga y me da pena que quiera hacerme daño. ¿Pero será? ¿Qué tanta rabia puede tener como para hacerme daño? ¿Será que ella me ha mentido y quedó muy dañada cuando me casé con Gustavo?»

Doña Alzira le dijo en ese momento que muchas veces las personas que hacen "trabajos" para dañar a las personas lo hacen porque les tienen envidia, o quieren justicia, en la medida que creen que fueron perjudicadas.

—Es cierto —confirma Pai Joãozinho— y cuando le hacen daño a alguien, que además está débil y desprotegido, ese daño es aún mayor. Lo peor de todo esto es que... funciona.

Line seguía callada y Pai Joãozinho le dijo que le gustaría invitarlas a almorzar "comida casera", a lo que ambas respondieron encantadas y agradecidas.

Durante el almuerzo, Dona Marieta, como llamaba Pai Joãozinho a su mujer, les tenía comida bien brasileira, arroz con porotos negros, farofa[14], carne, pollo, pescados, sushi, papas fritas y muchas ensaladas.

Pai Joãozinho vio la cara de asombro de sus invitadas y dijo:

−En Brasil comemos mucho y muy variado; nunca logré acostumbrarme a que se come tan poquito aquí en Chile −y les regaló una sonrisa abierta y generosa.

Durante el almuerzo estaban casi todas las familias que vivían ahí, el lugar estaba repleto y con mucho ruido. Line se sintió nuevamente como en Brasil, rodeada de esa alegría contagiosa al compartir un rico almuerzo, conversando sobre tantas cosas, y todos hablando al mismo tiempo, muy fuerte. Le encantó volver a tener contacto con esa parte de su vida.

Cuando terminaron el almuerzo, se sentaron en un banco que estaba en el medio del jardín, y Pai Joãozinho le dijo a Line que cuando una persona está muy desalineada −como era su caso− se requiere un trabajo adicional, ya que primero ella se tiene que hacer fuerte para poder enfrentar las energías que la están atacando y así apaciguar a los "Santos", para que estos obtengan lo que quieren, sigan su camino y le permitan a ella seguir el suyo.

−A todo esto, −le dijo Line, preguntándole a Pai Joãozinho con preocupación− ¿Cuánto me va a costar toda la ayuda que me dará?

Y Pai Joãozinho, con expresión divertida, le dijo:

---

[14] Mandioca rallada y tostada que se usa para acompañar algunas comidas en Brasil.

—Nada… recuerde que usted es de la casa.

Pai Joãozinho miraba a Dona Alzira y a Line con una cara tranquila, pues estaba acostumbrado a convivir con el dolor y sufrimiento, y nunca saber cuál era el resultado final.

Line pensó en ese momento, «¿Cuándo fue que mi vida dejó de ser lo que era?»

Tarde, día 3

Line dejó el Centro Nueva Esperanza con la mente confusa por todo lo que estaba aprendiendo y viviendo. Regresaría esa misma noche a una ceremonia fijada para las ocho de la noche.

Doña Alzira se quedó conversando con Pai Joãozinho y ella decidió caminar hasta la Alameda para tomar un taxi.

Pensaba ir directo a la Clínica para ver cómo estaba su papá, ya que solo había sabido de su estado por mensajes de chat: "sigue igual de mal"; "los médicos no tienen nada claro de lo que le puede estar pasando".

Mientras caminaba, pensó en todo lo que la había molestado su hermana desde que eran chicas y cómo se le hacía difícil perdonarla. Bueno, ella también empezó a defenderse, y como es sabido, a veces la mejor defensa es el ataque, y sabía que en unas pocas ocasiones le había dado duro a Alice. Al final, no se podía hacer la víctima y Alice se agarraba de esos pocos ataques para dejarla peor frente a sus papás.

Ojalá todo hubiese sido diferente, pero no lo fue. Tantas hermanas que se llevan bien y se aman, se acompañan, son mejores amigas, saben que tienen en quien apoyarse, y después se hacen cargo de sus padres. Un sueño que no será.

Siempre recordaba a su abuela materna Regina, con quien Line se conectaba mucho desde pequeña, en todos los planes de la vida, y después de que falleció estaba siempre presente con ella espiritualmente. Se acordaba del aroma que tenía su casa, una mezcla de incienso y velas siempre encendidas quemándose. La Abuela Regina reinaba, claro, y tenía sus plantas mágicas y pociones extrañas para cada situación de la vida.

Line recordaba que cuando los visitaba en Brasil, su abuela iba junto con la Antonia a las mismas cosas que ahora identificaba bien como parte de la Umbanda. También se acordaba cómo la Abuela Regina pintaba sus sueños en el aire con palabras y se conectaba con seres que ya no estaban vivos. Y se dijo, «¿Cómo la Antonia pudo haber salido tan distinta? ¿Por qué será que siempre la negó tanto? Me parece que la Antonia se llevó mejor con mi Abuela Isabel –abuela por el lado paterno– que era más centrada y burguesa, y que además la adoptó como la hija que no había tenido».

Y Line volvió a preguntarse, «¿Será que yo odio a Alice y ella me odia a mí? ¡Qué fuerte lo que estoy pensando! ¿Hasta dónde podríamos llegar con nuestro odio? No lo sé. Igual es mi hermana y tendré que tragármela para siempre, o por lo menos mientras los papás vivan».

Y de ahí empezó a imaginar qué hubiese sido de su vida si todavía siguiera con Gustavo. Lo amaba mucho, cierto que eran muy distintos y que de repente él cambió. «Bueno, yo también cambié y que me hubiese pillado besando a una amiga en la boca, fue el ¡listo se acabó!».

«Además, se lo dijo a mis papás. ¡Qué desgraciado fue Gustavo! ¿Acaso tenía que justificarse para quedar bien con mis viejos? ¿Era realmente necesario? ¿Qué le importaba que eso hubiese quedado entre nosotros? Por lo menos no se lo dijo a Andrea».

«Pucha», pensó. «Yo estaba feliz en el Banco cuando llegó esa chica, que además se llamaba Linda y era liiiiinda. ¿Qué onda con ese nombre? Hicimos click altiro y siempre venía a saludarme a la pasada; después empezamos a almorzar de vez en cuando, y luego todos los días. Además, siempre que podía, se acercaba y me mostraba sitios de internet en mi pantalla del computador. Se ponía a mi lado, muy cerca, yo sentada y ella parada, y mientras me mostraba alguna página web (que eran solo para mirar mujeres), se inclinaba para ver la pantalla, y su pechuga quedaba pegada a mi rostro, mientras yo navegaba. Claro que lo hacía a propósito. Ella sabía cómo sufría y mi cara se ponía roja. ¿Qué más podía haber hecho?»

A veces hablaban con Linda sobre Rodrigo, que a las dos les gustaba, pero no; era una de las tantas excusas que tenían para conversar y tener más temas. «Igual me gustaba Rodrigo, pero no, está requete casado», pensó.

Se paró en la calle para esperar un taxi y curioso que en ese momento no había ninguno.

Una mujer que vendía "super 8" entre los autos se detuvo a tres pasos de distancia y la empezó a mirar.

Debía tener unos veinticinco años y la observaba medio de lado, como si fuera a encarar a Line, u ofrecerle los chocolates, pero no le dijo nada. Solo la miraba de abajo hacia arriba.

Line no quería mirarla, pero cuando la vio se percató de que en sus ojos había dos ventanas y le pareció extrañísimo. Entonces, la miró mejor y vio cómo esa mujer, desde una de sus ventanas la miraba a ella, Line. Pero era Line quien veía su vida a través de la mujer. Y vio que la mujer estaba con miedo.

Line se dio vuelta y pudo observar desde afuera, por la ventana, el interior de la casa, donde había un tipo enorme acostado que estaba muy molesto con esa mujer y le dijo que si no se devolvía para traerle algo –que Line no entendió qué era– le sacaría "la cresta", hasta dejarla botada en el suelo, como un saco de papas.

La mujer, en ese instante, supo que Line estaba en su mente y también pudo percibir parte de la misma visión acerca de su vida y entendió que estaba en peligro. Que había muchas sombras y personas escondiéndose detrás y escuchó la voz de Line en su casa que le dijo, "escápate, puedes morir en manos de ese hombre", y junto con los sonidos de la calle escuchó que Line la llamaba con dulzura, pues quería comprarle tres chocolates "Super 8".

Cuando la mujer se los pasó, le dio las gracias a Line, le cayeron lágrimas por su rostro y después, con una sonrisa muy tierna, le dijo, como si la conociera de otras vidas:

–Haré lo que me aconsejaste. Cuídate tú también.

Line se percató de que jamás había vivido una experiencia así. «Cuídate tú también», y de manera automática, levantó la mano para detener un taxi e irse a la Clínica.

Su cabeza parecía un huracán con la cantidad de cosas que la inquietaban, se mezclaban y seguían avanzando sin control.

«¿Cuándo voy a ver mi auto?», se dijo. «Ni modo de llamar a Rodrigo, pues ya me advirtió, de forma educada, que parara de hincharlo y que él me llamaría cuando tuviera información».

«Claro, para mí es súper importante, pero para ellos vaya a saber si lo es o no. Los bancos tienen robos y hackeos a cada rato y hacen todo para que nadie lo sepa. Vaya a saber qué otras cosas han pasado».

«¿Qué será que tiene el papá?», pensó. «¡Cresta! No se me puede morir el viejo. Además que la Antonia se vendría abajo. O de repente no. Igual no quiero saber qué pasaría. No se puede morir».

El camino estaba expedito y llegó muy rápido a la clínica. Decidió ir a ver a la Antonia primero, que estaba de punto fijo con su papá, y después invitarla a un café.

«¿Por qué será que la comida de las clínicas es tan mala? ¿Será una invitación para que te vayas luego a comer a otra parte? ¿O un aviso de que acá ya te puedes morir?»

Subió rápido al tercer piso donde estaba su papá y desde la salida del ascensor ya pudo ver a la Antonia y, ¡mierda!, también a Alice. «Bueno. Nada que hacer», pensó.

Después de saludarlas les preguntó si querían tomar un café y bajaron las tres en silencio.

No se habían alcanzado a sentar cuando Alice le lanzó a Line que ya había conversado con Antonia para que vieran lo del testamento, pues era más fácil hacer el trámite mientras él estuviera vivo.

–Después ya no hay nada que hacer y se pierde mucho dinero –le dijo.

Line tomó aire y le respondió de forma tranquila, que no le importaba que se perdiera dinero, pero que no estaba de acuerdo en que se le preguntara a su papá –o cuando volviera a estar consciente– para que él firmara documentos relacionados con su testamento. Line le dijo que le parecía antiético y de mal gusto. Alice le respondió:

–Por supuesto que te parece antiético y de mal gusto. Seguro que el papá tiene algo escrito por ahí y te lo contó. Y seguro que te deja más cosas que a mí, pues cree que tú eres la indefensa, y que yo me las puedo batir sola. Eres una aprovechadora, pero no me engañas. Te haces la muy ética y mosquita-muerta. Faltaba más.

Antonia, en silencio, preocupada con lo que pudiera pasarle a Juan Roberto, no estaba con su mente presente en lo que sus hijas hablaban; parecía encontrarse en otro lugar. Alice le dijo a Line:

–No veo para qué te pido permiso a ti, si no tienes interés y además no te conviene. Tan pronto el papá tenga un momento de consciencia le voy a pedir que firme los papeles que ya tengo listos en un testamento que redacté y que encuentro justo. Si tú no quieres revisarlo, peor para ti.

–Ni se te ocurra hacer eso –le dijo Line, casi gritándole, y llamando la atención de las otras personas en la cafetería.

Se tranquilizó y añadió:

–Haz lo que quieras. Lamento que el papá, en la condición que está, tenga que pasar por eso.

Terminaron su café y volvieron las tres en silencio al tercer piso de la clínica para esperar al médico que había prometido darles un informe del estado de Juan Roberto a eso de las cuatro y media.

Las tres no se miraban ni se hablaban y de repente se abrió la puerta del ascensor y salió el doctor, quien saludó a Antonia.

–Ya vuelvo. Primero quiero revisar a Juan Roberto, chequear con las enfermeras cómo está. Por favor, aguarden unos treinta minutos más y conversamos.

En esos minutos, Line pensó, «¿Qué será de mi vida si no está el papá? Nunca me había dado cuenta de lo importante que es para mí y del significado que tiene en todos mis pasos».

«¡Perder a mi papá! A mi amigo, quien siempre me ha apoyado y ha estado presente en todos los momentos buenos y malos. ¡El hombre de mi vida! ¿Será verdad que el papá me cree indefensa y me dejó más cosas que a Alice?»

«Lo dudo», pensó. «Él siempre me vio fuerte y es muy justo. Seguro es treta de la perra de Alice. Lo que ocurre es que se han sabido mis embarradas, pero me he hecho cargo de ellas. Y el papá siempre ha estado ahí. A diferencia de Alice, que se muestra la princesa perfecta, caga y embarra a otros, para quedar siempre bien. Y si le salpica algo, embarra más a otro sin dudarlo, para sacársela. Es una artista en joder a los demás y salirse con la suya. Pero se las conozco todas y a mí no me engaña».

Vuelve el doctor y con cara de pesar les dice:

–Bueno, quiero comentarles que Juan Roberto sigue en un estado de sopor, y no tenemos información más precisa que entregarles, aparte de que sigan muy pendientes de la evolución del cuadro. Tan pronto tengamos algo, se los comunicaremos a la brevedad.

TARDE Y ANOCHECER, DÍA 3

Line pensó en su papá. Juan Roberto había estudiado leyes y se había graduado en la Universidad de Chile como abogado. Él era un gran ejemplo para ella, de cómo debía ser en la vida profesional y personal.

Su papá entró a trabajar en el Ministerio de Relaciones Exteriores, y a poco andar decidió estudiar en la Academia Diplomática.

Los Fabre eran de origen francés y Juan Roberto mantenía el idioma presente en su día a día. Esto lo ayudó mucho al postular a un cargo en la carrera diplomática, después de culminados sus estudios en la Academia.

Ya casado con Antonia María, antes de que nacieran sus hijas, le salió una destinación internacional –debido a su buen desempeño y fluido manejo del francés– como Primer Secretario del Consulado en Lyon.

Los Fabre Ruiz vivieron cuatro años en Lyon y se devolvieron a Santiago al final de ese periodo, y tras un año se dio la oportunidad de oro para Juan Roberto de ser Cónsul de Chile, residente en São Paulo.

Y Line pensó, «Qué lata que la Antonia no se aclimató en São Paulo. En realidad, le cagó la psique al papá, pues lo cachimbeaba todos los días con que quería volverse a Chile. ¿Las disculpas? Puta, cualquiera. Como que en São Paulo no podía comerse unas marraquetas y hallullas con té igual que en Santiago. ¿Hay derecho? Claro que no, ¿cierto? ¿No era como para mandar a la Antonia a la mierda? Bueno, así es el amor; parece que hay que aceptar cualquier huevada con la idea de seguir adelante».

Line volvió a pensar en algo que le estaba pasando ahora: en momentos de silencio le había dado por escuchar música de fondo en su mente, con el sonido de "berimbaus y atabaques"[15]. El sonido de los rituales de Umbanda era muy ritmado, y cuando le prestaba atención, ella se veía a sí misma en medio de un grupo de personas afro-descendientes bailando al centro.

Otra cosa rara, se dijo, «eran doce mujeres y cuatro hombres. Ella estaba vestida con camisa y pantalón blancos, igual que los hombres, aunque las mujeres estaban con vestidos blancos y con muchos collares de colores».

A ella la trataban como si fuera un hombre, pero sabía que seguía siendo ella, muy femenina, y giraba en su danza dando vueltas y vueltas, mientras miraba todo y nada, en el vacío.

Cada uno de los integrantes del círculo le transmitía la idea de protección, al mantener la rueda girando, bloqueando la entrada o salida de cualquier cosa.

A ratos perdía la consciencia y no sabía dónde se encontraba, hasta que volvía a estar en su lugar, y la música paraba de sonar en su mente.

Después de que el doctor les dijo lo de la condición de su papá, ella sabía que no era capaz de pensar con claridad y le costaba concentrarse; así es que le había caído bien este receso obligatorio del trabajo.

Otra cosa que tenía impresionada a Line era que después de que a Juan Roberto le había dado la embolia cerebral, la Antonia se había puesto muy religiosa. Y claro, ella era una "clásica", pero igual no era religiosa onda católica.

---

[15] El berimbau o birimbao es un instrumento musical de cuerda que se percute, conformado por un arco de madera, un alambre, y una calabaza, que funciona como caja de resonancia. Y el atabaque es un instrumento musical de percusión, parecido al tambor, elaborado de madera de jacarandá y con una membrana o cubierta hecha de cuero de animales.

Line se sentó en el sofá de espera en la clínica, puso los codos sobre las rodillas y la cabeza entre sus manos, como diciéndose "no sé qué hacer".

Corrían por su mente miles de ideas que no se conectaban con su papá y se preguntó, «¿Qué le pasará a Andrea si me muero? Claro que Gustavo se pone. Es un buen papá. Pero Andrea tendría ene problemas para vivir con él, considerando como es ella».

«Será que ella es tan parecida a mí que no sabe bien a quién quiere, o en realidad el tema es que no se enamora del género sino de la persona, y yo, por otro lado, tampoco soy un buen modelo para ayudarla, para darle consejos. Creo que ella me ha escuchado varias veces decir que me enamoro del amor y no de las personas, y ahí no me di cuenta lo que le transmitía».

«¿Le contaré a Andrea que cuando conocí a Celeste me enamoré rápido de ella, y que después, cuando conocí a Gustavo, me enamoré de él, y no estaba nada resuelta, pues realmente me sentía enamorada de los dos, y ahí naciste tú y... me casé? Lo hice, pues estaba enamorada –de uno de ellos, por lo menos– y tú me diste el empujón. Mejor no le digo nada».

«Claro que Andrea está tan confundida como yo en su vida amorosa, pero me lleva una ventaja enorme. Primero, es chica; segundo, me tiene a mí que la apoyo; y tercero, vive otros tiempos donde todo es más aceptado».

«¿Es tema la vida amorosa de Andrea? No quiero que le pasen las mismas cosas que a mí. ¿Qué puedo esperar de ella, si yo sigo en lo mismo? Por ejemplo, el tema con Linda: ella hace siempre todo lo que puede para seducirme, pero está casada con un tipo y dice quererlo mucho. Igual ella me gusta mucho, pero Linda me dejó claro que no va a dejar a su marido ni familia por mí. Entonces, valoro su honestidad, y me da lata, pues no construyo una vida con ella, y sigo igual ahí. Ahora, ¿por qué tendría que cobrarle algo o tener una familia? ¿No será mejor solo disfrutar lo bueno y olvidarme de eso de construir, que al final es una carga?»

«Para emparejar la cancha con Linda, a veces estoy con Iván, y Linda lo sabe y no le importa, o dice que no le importa. Iván es tan sensible como un martillo, y le gusta hablar de sus músculos y de fútbol, pero está siempre disponible para acostarse conmigo. ¿Qué más? Bueno, Iván trabaja vendiendo propiedades y es amoroso y dulce conmigo, y con él pudiera volver a tener una familia y seguro a él le gustaría que tuviéramos un hijo. Él dijo "hijo". Debe ser para que pueda levantar más pesas que una niña y ser musculoso como él. Bueno, no es lumbrera. Pero cumple. Naaa. Qué mal hablar de él así. Pero es para mí sola. No se lo digo a nadie».

«De repente esta es mi vida ideal y solo me estoy enredando, cosa que me sale fácil, en poner las cosas en orden».

«En realidad, —se dijo— he tenido muchas posibilidades de hacer una vida normal, como con mi querido amigo Jorge Lira. Amigo ahora, claro. Nos conocimos hace años y siempre ha querido estar conmigo. Estaba loco, loco, loco por mí. Y yo… bueno… yo no. Entonces funcionaba mejor con él fuera de la cama que en la cama, pero él creía que era al revés. Nada que hacer. Pero es un amor conmigo, y ay, otro corazón roto. Igual está siempre ahí y me ayuda en lo que sea necesario. Nos seguimos hablando casi todos los días. Lo amo millones. No pierde nunca la esperanza y está bien. Me dejo querer».

En eso, Line miró hacia abajo. Algo en el piso de la clínica se había movido y le llamó la atención. Levantó la mirada y se encontró frente a la montaña donde se había visto antes.

Un valle muy verde, rodeado por montañas, un lugar muy lindo, y ella estaba sentada en un sillón, mirando desde la entrada de una cueva hacia el valle; a su izquierda el perro-lobo que parecía protegerla. Arriba, venía volando un águila, que estaba aleteando ya lista para posarse en el brazo derecho del sillón. Abajo, a sus pies, un trébol de cuatro hojas.

Ahora pudo percatarse también que al lado del perro-lobo estaba Pai Joãozinho con un aire sereno, cara de preocupación y una mujer muy atractiva detrás del sillón, cuidándola.

A lo lejos, pudo ver que corría hacia ella una jauría de perros-lobos. Eran unos cincuenta perros-lobos, bastante más pequeños que el que estaba a su lado.

Line, casi sin darse cuenta, había tomado un taxi, y solo se percató de ello cuando le pagó al chofer, como saliendo de un sueño. De repente estaba a la entrada de su departamento.

Abrió la puerta y tan pronto puso un pie adentro, escuchó que sonaba una música muy fuerte que venía desde la pieza de Andrea. La puerta estaba cerrada. «Mejor le aviso que la música está muy fuerte antes de que nos vengan a reclamar los vecinos».

Golpeó la puerta, pero Andrea no respondió, pues seguro no escuchaba nada con ese volumen. Entonces decidió abrir la puerta para decirle que bajara la música y, al asomarse, vio que Andrea estaba en la cama acostada junto a una chica y un chico que ella no conocía. Andrea, la chica, y el chico, totalmente desnudos.

Line no esperaba eso y solo atinó a decirles "¡Hola, chicos!", bastante compungida. Y dirigiéndose a Andrea:

–Por favor, podrías bajar la música –y cerró la puerta de inmediato, con mucha vergüenza de lo que había pasado y sin saber muy bien qué hacer.

Alcanzó a ver la cara de los tres, pero parecía que la única complicada con la escena era ella. «Igual, bajaron la música», pensó.

Pasó un rato y ella, tomando aliento, se sentó en el comedor, lista para prepararse un café y Andrea salió de la pieza con cara furiosa diciéndole:

–¿Qué te pasó? ¡Nunca vienes a esta hora!

–Tranquila, vengo a buscar unas llaves y me voy. Después hablamos – le comentó Line.

–¿Hablar de qué? –le dijo Andrea con cara de culpable y algo molesta, probablemente sintiéndose pillada.

–Andrea, –le dijo Line– hablamos como hablamos todos los días.

–Ahhh –le respondió Andrea.

Line salió y caminó hacia el ascensor. Esperó que llegara y al abrirse la puerta, vio que el ascensor no estaba. Delante de ella había un laberinto.

Line pensó, «¡Todo esto está en mi cabeza! ¿Estoy volviéndome loca o es tan fuerte el "trabajo de Macumba" que me hicieron que estas alucinaciones son parte de lo que tengo que vivir?»

Sabía que tenía que seguir de frente, y pensó, «Hay un laberinto y todos sabemos que no es fácil salir de uno».

Escuchó un ruido gutural proveniente de algún animal, que sonó como un depredador grande, que se movía rápido pero pesadamente.

Los gruñidos sonaban cada vez más fuertes.

Decidió apurar el paso. Al inicio caminaba rápido, pero a medida que el animal se aproximaba y los sonidos aumentaban, había empezado a correr.

Sintió que el animal corría a la misma velocidad o más rápido que ella, pues lo escuchaba cada vez más cerca, y todo esto sin saber si el animal estaba en la misma trilla del laberinto que ella.

No sabía si había dado vueltas, en ese ir siempre en frente corriendo, y estaba perdida, la respiración muy acelerada, comenzaba a sentirse cansada, y entonces perdió el zapato izquierdo, y ya no podía correr a la misma velocidad.

Sabía que debía seguir adelante, hacia donde fuera que se estuviera dirigiendo, pues de otra forma tenía certeza de que ese animal la podría matar.

Se le ocurrió generar una solución en su mente. Entonces se dijo, «Soy hija de Ogum y tú estás conmigo, ayúdame a hallar el camino del laberinto».

Poco a poco, las paredes del laberinto empezaron a hacerse más y más pequeñas. Y mientras las paredes se reducían hasta ir desapareciendo, dejó de escuchar el gruñido del animal y notó que la puerta del ascensor se abría.

Ahí estaba el ascensor, pero antes de tomarlo, se puso el zapato izquierdo, que por alguna razón estaba lejos de ella y apretó el botón del primer piso para bajar.

Se sentía agotada, con una sensación de angustia por cada cosa que le estaba pasando; y en eso llegó al primer piso.

NOCHE, DÍA 3

Line recordó lo que le había contado Pai Joãozinho durante el almuerzo, sobre quienes eran hijos e hijas de Ogum. Que Ogum era un Orixá muy importante, pues mantenía el orden, el equilibrio y la armonía en los "terreiros".

Dentro de las "Siete Líneas" de la Umbanda, Ogum está acompañado por aquellos que son guerreros, "caboclos", "bahianos" y "boiadeiros" y es quien los protege a todos. Fue ahí cuando Pai Joãozinho le dijo "¡Ogunhê!", y su cuerpo entero se erizó y continuó, "Te he saludado, reconociéndote como una hija de Ogum". También le dijo:

–Las hijas de Ogum tienen una personalidad muy fuerte, son muy generosas, les encantan los desafíos y les gusta enfrentarlos. Son guerreras por naturaleza. También son impetuosas, y pueden ser muy agresivas y violentas si es necesario; son personas únicas e impredecibles, extremadamente correctas y leales. Son excelentes guerreras, maestras de las armas hechas con metales, se adaptan rápidamente a todos los contextos; siempre apoyan a la gente que merece su ayuda y a todos quienes las llamen cuando tienen dificultades.

Al llegar al "Centro", Line escuchó el sonido de los tambores y de los cantos.

Los tambores parecían salidos de una película de la selva, pues no eran tambores comunes. Estos se llamaban "atabaques" y favorecían que los "Orixás" se hicieran presentes, mientras resonaban sus ritmos. Ya estaba aprendiendo algunas cosas.

Fue recibida por una mujer de unos treinta y siete años, tez muy morena, vestida entera de blanco. Nunca había visto a una mujer tan bella, con ojos de un azul muy intenso, cabello largo y rubio sobre los hombros, y cuerpo y voz muy sensuales.

La mujer la saludó con tres besos en sus mejillas, le dio un abrazo tierno, que para Line duró más de lo que hubiera considerado un abrazo normal, y se presentó diciéndole,

—Me llamo Gabriela, pero puedes llamarme Gabi. Te vi en el Centro durante la mañana.

Le comentó que después de que ella se había ido del Centro, Pai Joãozinho le contó lo que le estaba pasando, y le había pedido que la acompañara ahora en la tarde y durante todos los trabajos que harían en su proceso.

Line tuvo la sensación de haberla visto antes, pero no sabía dónde y le resultó tan familiar como si se hubiesen conocido en esta u otra vida. «¿Será posible eso?», se preguntó.

Después Gabi le tomó la mano y le dijo que la siguiera para ir a cambiarse de ropa.

Caminaron nuevamente por el jardín hasta que entraron en una habitación donde había lockers. Gabi se dio vuelta y le dijo a Line,

—Te voy a pasar una ropa especial para esta ceremonia. ¿Podrías, por favor, vestirte con ella para esta ocasión?

Line vio que tenían varias faldas y vestidos blancos —como el que usaba Gabi ahora— y también pantalones y camisas blancas; los pantalones se amarraban con cordeles en la cintura, y Gabi le dijo,

—Mejor debieras usar esta ropa de hombre —y la miró con picardía—. Puedes cambiarte acá si quieres.

Line entendió que ella no se iba a ir y se desvistió mientras Gabi seguía mirándola de forma divertida, como adivinando todas las historias de Line.

Line pensó, «Fuera otra la situación, a esta no la perdonaría de ninguna manera, pero no es el momento, y además, me estoy pasando películas».

Cuando terminó de vestirse, Gabi la tomó de la mano, "ven conmigo", siempre con una sonrisa pícara, y caminaron en dirección a los sonidos de atabaques.

Al abrir la puerta, Line vio que había un grupo de personas cerca de la pared con los instrumentos, con atabaques y berimbaus, y otras personas sentadas mirando lo que pasaba. En el medio de la sala había una rueda que se iba moviendo lentamente al sonido ritmado de los tambores, conformada por ocho hombres y siete mujeres.

Tan pronto llegaron, Gabi le dijo a Line, hablándole con la boca pegada a su oído,

–Vamos a entrar a la rueda y yo te iré diciendo qué cosas harás, ¿te parece?

Entonces, ambas entraron a la "rueda" y los cánticos continuaron, mientras la rueda se iba moviendo lentamente en el sentido del reloj, durante un tiempo que era difícil precisar, tal vez unos quince minutos, pues costaba identificar los cambios de ritmo en las letras de la música, y Line se percató de que todos estaban en trance. Gabi le dijo al oído, muy seductora,

–Ahora te vas al medio de la rueda, y te mueves bailando, en sentido contrario al que giran los demás, al ritmo de los atabaques, mirando a los ojos de cada uno de los participantes.

Line salió de la rueda para situarse al centro de la misma. Todos giraban en una dirección y ella se movía en la dirección contraria, y para poder ver a los ojos a cada uno, tenía que ir más rápido que la mayoría. Pero se percató también de que el ritmo se iba acelerando, la "rueda" había aumentado su velocidad, y ella también la suya, y tuvo consciencia de que el tiempo no estaba corriendo.

Su cuerpo giraba, giraba y giraba –¿o flotaba?– y sintió un golpe fuertísimo en su cuerpo, en la boca del estómago. Parecía como si ya no fuera ella. O sí era ella, pero ahora con alguien dentro suyo, que con certeza era un hombre.

La música seguía más rápido junto a los cantos, y empezó a ver que en reemplazo de las personas que formaban la rueda, ahora se le aparecía toda su vida delante, con ella al medio girando.

Pero dentro y fuera de esa rueda existían otras ruedas que se veían de forma superpuesta, concéntricas y más alejadas. Entonces observó que otra rueda era la de su madre y estaba viendo toda la vida de Antonia. Pudo ver también la rueda de la vida de su padre, pero cuando quiso detenerse para ver qué pasaba ahora, el movimiento no le permitía ver los detalles.

Vio cómo la rueda de su padre se interceptaba en algún momento con la rueda de la Antonia. Su papá era adolescente y estaba en una fiesta con amigos, donde también estaba la Antonia. Entonces, Juan Roberto sale de la "rueda" que tenía con sus amigos y se aproxima a la "rueda" de Antonia. Le empieza a conversar a las amigas de Antonia y de repente, la invita a bailar.

Vio una parte de su pasado y su presente, así como pudo ver a una mujer hablando con unos tipos que ella no ubicaba y que estaban con unos computadores, y tenían toda la pinta de nerds y de hackers. ¿Sería eso en el banco?

«¿Qué será eso?», pensó.

Su lado femenino se fijaba en otras cosas que su lado masculino, con el que vio a esa mujer, ahora totalmente de negro y con la cara cubierta, hablando con dos tipos, que dijeron, "ningún problema, si hay que matar matamos nomás".

Vio muchas cosas más, pero era demasiada información junta.

Hasta que volvió la misma frase del sueño:

"Tu padre y tu hija van a morir, para que sufras el resto de tu vida y tengas tiempo de arrepentirte".

La rueda seguía girando y girando, ahora con cánticos de protección y fuerza. Llamando a los "Santos" para que le cerraran y blindaran el cuerpo contra cualquier mal.

Ella, como hombre, vio que Line estaba con cuatro personas en un lugar oscuro, sin luz.

Como no escuchaba nada, le parecía que Line estaba entre atrapada y arrinconada.

No lograba ver bien la cara de las personas y escuchó que uno le decía, "Llegó tu hora, perra desgraciada. Pena que no podamos hacerte el servicio que nos hubiera gustado hacer. Pero no nos pagan para eso. Y esto es para que no te encabrones con la gente equivocada".

Tres hombres estaban delante de ella y le dispararon todas las balas que tenían.

Así Line pudo ver cómo sería su muerte.

NOCHE, DÍA 3. MADRUGADA, DÍA 4

Line no supo cuánto tiempo estuvo en ese estado raro en que parecía que flotaba, en el medio de nada y en todas partes.

Tenía la impresión de que la música terminaba y continuaba, y que era la misma, pero sabía que no lo era. Todo era demasiado parecido, pues el ritmo presentaba cambios muy sutiles para un oído no acostumbrado. Las músicas se encadenaban unas con otras en un continuo infinito.

Se percató de que a veces, cuando ella vivía algo que la enredada, alguien llegaba y le decía muy inocentemente y "¿por qué no haces esto o aquello?", y se sorprendía cómo desde afuera las cosas se veían más fáciles que desde dentro de sí misma.

Se sentía extenuada y lo único que quería ahora era dormir en su cama, pero igual se dijo, «Voy a llamar a la Antonia para saber cómo va el papá».

Line se despidió de las personas que integraban la rueda con una mirada de agradecimiento, y salió de esta. Escuchó que Gabi le dijo,

–Mi amor, te acompaño para que te cambies, ¿ya? –Y fueron juntas a la habitación donde Line había guardado su ropa.

Al despedirse de Gabi, le dio «un abrazo más que fraterno», pensó Line, junto a un beso volado en sus labios y le dijo,

–No te olvides de llamarme.

La acompañó hasta la puerta, siempre sujetándola de la mano y en silencio, hasta que llegó su taxi y nuevamente se despidieron.

Line llamó a Antonia, y con una voz cansina le dijo,

–Juan Roberto sigue en la unidad de cuidados intensivos, y por lo menos no ha empeorado.

Como un relámpago que pasó rápido por sus ojos, a Line se le ocurrió que si ella arreglaba todo este enredo con la ayuda de Ogum, seguro salvaría a su padre. «¿Será muy loco pensar eso?»

Pero ni modo decirle esto a su madre, pues «¿Cómo podría explicarle todo lo que le estaba pasando? Y además ella se lo comentaría a Alice».

«Cierto que casi toda su familia era católica, y los respetaba mucho por eso. A ella también le habían querido inculcar la religión, pero simplemente no les funcionó. Demasiado liberal con mi manera de pensar. Para qué decir de mi comportamiento», pensó.

Quiso entender mejor lo que le ocurría con esto de la Umbanda y del Candomblé y se dijo, «Bueno es un sistema de creencias diferente al católico, sin duda».

Y más que cuestionar o aceptar, le pareció muy bien que otras personas tuvieran esas creencias en la medida que fuera de ayuda.

Ahora podrían clasificarla a ella como esquizofrénica, pues más que un sistema de creencias, lo que le estaba pasando en su vida, en su mente, se transformaba en situaciones reales que no podían ser solo atribuidas a mala suerte o alucinaciones.

Además, que la Umbanda y el Candomblé le dieron una explicación "¿lógica?" de lo que sentía, veía y escuchaba.

Claro que Antonia le diría, "te amo, hija, pero no solo estás loca, sino que andas con un bando de lunáticos".

A Line le asaltó esta duda, «Si ya sé que quien muere soy yo, creo que no tengo por qué preocuparme de las otras personas, más que de mí misma, ¿cierto?»

«Ahora, si soy yo quien muere, ya no puedo arreglar nada y además, igual pudiera morir mi padre, y vaya a saber quién más. Ahí la cosa se complica, pues estoy muerta».

Ella recordó que Pai Joãozinho le había dicho que el Centro no estaba abierto a "público" todos los días, pero ella ya no era público pues se encontraba en un proceso de iniciación.

Le dijo también que el proceso en realidad solía ser más largo, pero que debido a la situación urgente que estaba viviendo habían apurado las cosas para que pudiera estar mejor.

Le repitió que contara siempre con ellos y que las puertas estaban abiertas para ella en todo momento, pues el Centro era su casa y cualquier cosa que necesitara podría continuar sus trabajos ahí. Estarían encantados de apoyarla con mucho amor y debía confiar en los Orixás.

A Line se le ocurrió considerar la posibilidad de dejar una constancia en Carabineros, porque si alguien quería matarla y hacerle daño a ella o a alguien de su familia, debía tomar las precauciones necesarias.

«Claro que no podría hablar cosas relacionadas con el perro-lobo, con el automóvil, la guitarra, o sea, mejor me callo antes que desde Carabineros me encierren en un manicomio o me sigan para buscar cuál es mi proveedor de drogas».

La segunda cosa que se le ocurrió era llamar a Julio Ponce, una ex-pareja, que trabajaba en la PDI[16] como Subprefecto. Había estado con él casi un año. «Terminamos, y recordándolo bien, por mi culpa, como siempre. Otra vez me arranqué con una tipa, pues me enamoré –pucha no recuerdo su nombre– y el amor que tenía por él se acabó nomás. Lo bueno es que parece que él también ya no me quería. Igual, era solo

---

[16] La PDI es la policía de Investigaciones de Chile. Es una policía Civil.

tema de cama. Terminamos y quedamos amigos y nos juntamos con frecuencia para tomar un café y ponernos al día».

Julio tenía ascendentes mapuche por el lado de su mamá, se acordaba Line, y le encantaba toda la cultura Mapuche. Pero para ella era mucho de esa cultura de una sola vez. Claro que la admiraba y respetaba, pero no estaba dispuesta a vivirla veinticuatro horas por día.

Hacía por lo menos unos dos meses que no tenía contacto con él.

Lo bueno con Julio es que la tenía por medio "alocada", «pero no en el sentido de "loca-loca". Más bien me ve como un espíritu libre, inteligente y jamás capaz de inventar cosas o de creer que soy enferma mental».

Además, sus papás siempre le transmitieron la idea de la presencia de lo mágico, propio de la cultura Mapuche.

En resumen, «él no dudaría ni un segundo de lo que me pasa y además tendría cómo ayudarme. Incluso, Julio seguro puede darme una mano con el tema del hackeo en la Brigada de Delitos informáticos».

Ella siempre había escuchado hablar que esos tipos eran súper "secos" como hackers, aparte de que tenían relaciones con otros hackers y que estos se ayudaban, pues parte del tema de serlo es el desafío de conseguir cosas imposibles.

Se dio cuenta de que estaba reventada y solo quería llegar a casa, tirarse a la cama y ver si podría hablar unas pocas palabras con Andrea.

MADRUGADA Y MAÑANA, DÍA 4

Line tenía la sensación de aun estar viviendo lo que había pasado en la rueda y no se dio cuenta cómo había llegado a su casa.

Ahí estaba Don José, el portero de siempre, y Line se preguntó, «¿Será que él, dentro de su simplicidad, tiene control de su vida?» El portero le emitió un sonido que podría entenderse como "buenas noches" en lenguaje perruno, listo para morderla, y ella subió al ascensor sin mirarlo.

«Por lo menos no he tenido ninguna "sorpresita" al llegar a mi casa. Pareciera que formo parte del set de películas de casas embrujadas».

Abrió la puerta de su departamento y a pesar de la hora –por suerte– Andrea todavía estaba despierta, y se escuchaba música saliendo desde su pieza.

Pasó de inmediato a saludarla y vio que andaba de muy buen humor y ambas hicieron como que no había pasado nada antes, mejor así, y le preguntó si ya había comido o si quería comer algo –a lo que respondió que sí, ya había comido– y Line la invitó a acompañarla, porque tenía mucha hambre.

Andrea puso cara de contenta y luego le preguntó cómo estaba su abuelo. Además le comentó que había llamado la Antonia –ella también le decía así– y que para variar no le contó nada, solo quería hablar contigo y que la llamaras apenas pudieras.

Line le preguntó a qué hora recibió el recado y ahí se dio cuenta de que la llamada de Antonia al teléfono de su departamento había sido antes de que hablaran desde el taxi, así que todo bien con eso, y ya no tenía que devolverle la llamada.

Andrea le preguntó cómo le iba –Line había decidido no contarle nada de nada–, y le respondió que todo estaba bien, aparte de lo de tu abuelo, y después Andrea le contó que había tenido unos días de evaluaciones, que le había ido bien y que estaba más "resuelta", sin decirle más.

Line se rio, pues ya quisiera ella también haber estado "más resuelta" a los dieciséis o diecisiete años.

Despertó tipo siete de la mañana. De inmediato estiró la mano para tomar el teléfono que estaba cargando en su velador y mandarle un mensaje a Julio, que llegaba súper temprano a su oficina.

Este le respondió enseguida y le dijo que fuera a verlo a la Central de la PDI, donde trabajaba, para que le contara lo que le estaba pasando.

Ella tomó desayuno muy a la "brasileira" como lo toman en las casas – «y no en los hoteles», pensó– que en general es café negro (o con leche) y un pan con mantequilla. Y ahora que Andrea no estaba mirando, le gustaba remojar el pan en el café. Ummm. Lo disfrutaba. Le encantaba el pan con mantequilla con gusto a café. «Aunque la marraqueta es más pesada que el "paõzinho" que se come en Brasil. Hay que cuidarse mucho para no subir de peso».

Su amigo Julio le había enviado la dirección y «¡Cresta!», pensó, «Su oficina quedaba en el centro de Santiago, me voy a arruinar con tanto taxi este mes».

«Ay, ay, y además tengo que hacerme el tiempo de llevar el auto al taller. Parece que solo me acuerdo de las cosas cuando las necesito, y sigo siendo rebuena para patear lo que tengo que hacer».

Después de saludar a Julio con cariño, y de contarle todo lo que le estaba pasando, él le dijo que si no la conociera tan bien, le diría que está totalmente loca.

–Bueno, igual eres bien loca, o mejor dicho lanzada e impulsiva, pero no esquizofrénica o con ese tipo de locura, así que te creo todo lo que me has contado. He visto demasiadas cosas en mi vida como para dudar de lo que me cuentas –le dijo Julio.

Julio conversaría con algunos de sus compañeros, pues tenía buenos amigos, aunque claro, no iba a contarles la misma peladera de cables, pero con certeza le daría una mano averiguando todo lo que estuviera a su alcance.

–Además, –le dijo Julio con una sonrisa– es de interés de la institución "contribuir al mantenimiento de la tranquilidad pública" y esto no sería solo porque somos amigos.

Line salió de la PDI y le agradeció mucho a Julio por la ayuda, quien la encaminó a la estación de Metro más cercana, que a esa hora estaba repleta de gente.

Line pensó primero en tomar un taxi, «pero mejor no, mejor ahorrar y hasta Providencia no es tanto lo que me voy a demorar en Metro».

En la entrada de la estación había una muchedumbre increíble y se vio atascada sin poder moverse. Sintió que una mano la agarraba con fuerza, tomándola desde su brazo derecho, y un segundo después, sintió otra mano sujetándola, pero desde su brazo izquierdo.

Parecía que en sus costillas alguien había puesto la punta de un arma. Miró para ambos lados y pudo ver dos tipos que la estaban sacando con fuerza de entre la gente, y seguro atrás había otro, el que apuntaba con el revolver o pistola, y ahí escuchó que le dijeron:

–Mantente callada. Si gritas, te matamos aquí mismo.

Line no pensó en arrancarse de ninguna manera. Solo tenía miedo.

La voz de Pai Joãozinho se le hizo presente junto al sonido de los tambores, y con eso se mantuvo tranquila, dadas las circunstancias.

Los dos hombres que la tenían agarrada la llevaron a un auto, donde había otros dos tipos sentados adelante, y la subieron al asiento de atrás, dejándola a ella al medio. Ninguno hablaba nada y solo pudo reconocer a quienes la habían agarrado.

Una vez dentro del auto, le bajaron rápidamente la cabeza para que la mantuviera junto a sus rodillas, y la taparon con una frazada para que no se viera desde afuera.

Dieron muchas vueltas y llegaron a una casa que no supo dónde estaba, pues la bajaron dentro de un garage.

Los dos tipos que la habían agarrado ahora estaban encapuchados y tenían una serie de hojas en blanco.

–Danos toda la plata que tengas, tus tarjetas, tu cédula de identidad, documentos, todo, y firma estas hojas en blanco y pon tu huella digital al lado derecho.

Después que ella firmó, la amarraron a una silla, y la dejaron mirando una pared, y quedó custodiada por uno de ellos, mientras el otro salió y no se hablaron más.

El que había salido volvió un rato después y la subieron nuevamente al auto, ahora en el maletero, con la cabeza cubierta y una venda en los ojos.

«Rodaron su buen poco», se dijo Line, «aunque tal vez no haya sido tanto, pero es que parece que los fabricantes de autos no piensan en el confort de quienes viajan en el maletero, y podría ser cualquier cosa».

Estaba bien mareada y por suerte no vomitó.

El auto se detuvo y alguien la lanzó fuera del auto como un saco de papas y la dejó en el suelo, todavía con la cabeza cubierta.

Line escuchó cómo el auto se alejaba, y pensó, «ya me puedo mover».

Se sacó la venda que tenía en los ojos y se percató de que estaba al lado de la rotonda de Quilicura. Bastante lejos de su casa.

Mañana, día 4

Line caminaba hacia cualquier dirección, como alguien que recién despertaba, y no sabía dónde estaba. Además, tenía el cuerpo fuera de sincronismo.

Empezó a observar mejor donde se encontraba y le pareció reconocer el lugar. Sabía que debía haber una bomba de bencina relativamente cerca. Ya había pasado por ahí varias veces. Estaba segura.

Aún mirando para todos lados, tipo animal que se siente perseguido, con la respiración agitada, y el cuerpo débil, pensó que para lo que había ocurrido, no estaba tan mal como podrían estar otras personas.

Ella siempre se había considerado una mujer fuerte y decidida. Pensó que le estaba gustando esto de creerse el cuento sobre ser una hija de Ogum y que tenía el "cuerpo blindado" contra gente que quería dañarla.

«Igual se me olvida todo este tema», se dijo. «Más todavía. ¡El que nada malo me pueda pasar, que no fuera parte de mi historia, la que ya estaba escrita por los Orixás! Me conviene creerme el cuento, pues si no me lo creo, ¿qué gano?»

«¿Sería un cuento todo esto? ¿Si no lo creyera dejaría de ser hija de Ogum?»

A ella siempre le habían gustado los temas de superheroínas. Nada con los superhéroes hombres. Le encantaba Gatúbela, Super Girl, Batwoman. Le fascinaba Xenia, la princesa guerrera, ¡era lo máximo! ¡Uy! Tenía que salir su lado medio gay. «Qué antigua soy», pensó. «Pero todo ese mito de Xenia con su "amiga" Gabrielle, que si era amiga o más que amiga… ¿Qué importaba?»

Siguió caminando hacia donde creía que se encontraba la bomba de bencina, y los autos pasaban "rajados" por su lado, como si ella no existiera.

«¿Será que no me ven? ¿O todo esto es solo un sueño? Mas bien una pesadilla, en todo caso».

Alrededor, edificios muy pobres y personas en casas muy sencillas, y se preguntó:

–Puta. ¿Qué tantos Chiles pueden existir en un Chile?

Estaba en lo cierto. En la dirección hacia donde se dirigía había una bomba de bencina. Al llegar se fue directo al interior, donde estaba la cajera y le contó que la habían asaltado.

La cajera estaba leyendo algo en su celular, y mientras Line le hablaba, esta siguió concentrada en la pantalla, hasta levantar los ojos y mirarla una fracción de segundo, algo molesta por la interrupción.

Line le dijo que le habían robado todo el dinero que tenía en ese momento con ella, sus documentos y el teléfono, y le preguntó si podría prestarle el celular para hacer una llamada.

La cajera, de mala gana, volvió a mirarla, como diciendo "estoy hasta el cuello de gente que viene asaltada acá y me pida usar mi celular", cerró lo que estaba leyendo y le pasó el aparato listo para que Line lo usara. Line llamó a su amigo Julio de la PDI y, por suerte, este le respondió de inmediato.

–No te muevas de donde estás. Me tomará unas dos horas y algo que un vehículo de la PDI pase por ti y te traiga a la Central.

Sin celular para comunicarse con alguien y matar el tiempo mientras esperaba que la recogieran, buscó algún lugar para sentarse y nada.

La cajera la miraba con cara de "mejor te vas de aquí", así que decidió esperar afuera y sentarse en el peldaño de la entrada de la bomba para hacer hora.

«Nada como reflexionar y sacar siempre aprendizajes de situaciones que son como el forro», pensó con ironía.

«Claro, la parte buena, "podría haber sido mucho peor"... Bien chileno el pensamiento».

Ahora sin auto, sin plata, sin tarjetas, sin documentos y sin celular.

Ay, ay, ay.

Se acordó de que en el clóset guardaba un pasaporte que estaba vigente y con ese igual podría moverse. A pesar de que es raro usarlo en Santiago, pero tendría que ir a Carabineros a dejar constancia y después al Registro Civil.

Hace un tiempo le habían robado y aprendió a no andar con todo encima del cuerpo. Su idea era siempre guardar en la casa algo que le sirviera como identidad y alguna de las tarjetas de crédito.

Su cabeza daba vueltas y vueltas para entender cómo había pasado lo del secuestro y se preguntaba, «¿para qué me sacaron firmas?»

«Van a hacer alguna estafa con mis datos. Seguro van a pedir un crédito y después voy a aparecer en Dicom, o el mismo banco me va a llamar ahora, para decir que no puedo trabajar más ahí, pues los he estafado. Puta, la mala cueva. ¿Y Ogum?»

«Poco pude ver a los tipos en el medio de la muchedumbre, pues me prohibieron mirar para los lados, y siempre mantuve la mirada hacia el frente. Los que me agarraron parecían maleantes de muy baja monta».

«¿Por qué yo? ¿Lo habrían hecho simplemente al azar? Es bien probable».

«¿Será que pensaron que tengo muchas "lucas"? Que tengo pinta... tengo. Qué mal ojo tienen».

Para su suerte, el auto de la PDI llegó mucho antes de las dos horas. Igual parecía mucho tiempo. Y la llevaron directo a conversar con Julio, quien ya no estaba solo.

—Este es el Comisario Lima y el Subcomisario Pérez. Ellos también te van a ayudar en este caso y seguro vamos a encontrar a los que te han secuestrado.

Julio le dijo a Line que le agradecería mucho que le reenviara el email donde ella era amenazada, pues podrían revisarlo con la Brigada de Crímenes Informáticos para tener más datos al respecto. Además le pidió que firmara unos papeles y formularios y le comentó que ya se habían contactado con la gente de seguridad del Banco Provincial. Tenían una reunión y Julio les había dicho que estaban investigando el caso y que era necesario que colaboraran.

—La gente del banco no se puede negar a entregar a la PDI cualquier información que tengan.

Julio también le preguntó si ya estaba bien y si quería que la llevaran a su casa.

Line le agradeció mucho y se dio cuenta de que estaba agotada; necesitaba descansar, darse una ducha, hacerse de los documentos que tenía de respaldo, bloquear su celular, para luego ir a un centro comercial, comprarse otro celular y pedir que le transfirieran su número antiguo para volver a estar comunicada con el mundo.

Pensó que si este procedimiento tardaba mucho, le convenía partir por ahí para estar pronto comunicada o solo comprarse un número de prepago.

Como siempre encontraba algo bueno, se dijo que al menos todo estaba respaldado en una nube, así que no perdería prácticamente nada, aparte del tiempo que toma recuperar la data. Solo tendría que moverse rápido para hacer todos esos trámites, que seguro le tomarían el resto de la tarde.

MEDIODÍA Y TARDE, DÍA 4

Nada que hacer. Otra mañana con cosas que nunca antes había vivido. Decir que había tenido algunos "imprevistos", como diría Antonia, hubiera sido bastante alejado de la realidad de cualquier persona normal. ¿Alguien podría negarlo?

Al llegar a su departamento llamó a la Antonia para ver cómo estaba Juan Roberto y este seguía igual de mal. «Penca», se dijo. «La huevada sigue».

Después llamó a Pai Joãozinho para confirmar si en la noche iba la ceremonia donde le "fecharíam o corpo", algo que traducido se entiende literalmente como que te "cierran el cuerpo", pero que, en realidad, quiere decir que tu cuerpo queda "blindado" contra peligros provenientes de otras "entidades" que quieran hacerte daño, o claramente tengan la intención de matarte, o usen las "energías" que emanan de aquellos Orixás que trabajan para los que quieren hacerte mal (pero que es bueno para quien lo pidió).

También recordó que debía bloquear su tarjeta de crédito y además ir a la comisaría que estaba relativamente cerca de su casa, para dejar constancia del robo de sus documentos, celular y aproximadamente treinta mil pesos que tenía en efectivo en ese momento.

Lo de Carabineros con suerte le tomaría una hora o dos, dependiendo de la cantidad de gente que estuviera en ese momento en la comisaría. «Entonces, lo primero es lo primero», y partió a la comisaría ubicada en Miguel Claro.

Esperó un ratito después de sacar un número. Había pocas personas.

Un carabinero muy gentil la recibió y después le tomó los datos de forma anestésica y robótica. «Claro», pensó Line, «hace eso a cada rato. Ahora, si le cuento el trasfondo de todo, seguro me dice uh, uh, uh, uh, y llama a algún servicio de salud para que me lleven a una institución de tratamientos mentales».

Pai Joãozinho le confirmó que se haría la ceremonia esa noche y que estaban encantados de poder recibirla. También le pidió que trajera una pieza de lapizlázuli, lo más azul posible.

Line a esa altura ya no preguntaba nada, pues era todo tan ilógico, así que le respondió que contara con ello.

Hizo finalmente todo lo que tenía que hacer y después se le ocurrió llamar a la Antonia nuevamente y esta le dijo,

–¿Para qué llamas? ¿No te dije que vinieras? Tu hermana súper solidaria ha estado acá todo el tiempo, y de ti, solo señal del celular. ¿Es que no te preocupa acompañar a tu padre?

No había cosa que le diera más rabia a Line que, permanentemente, Antonia le sacara a relucir lo buena hija que era Alice; que Alice sí sabía qué hacer y cómo comportarse, que tenía una familia "bien" y que sus hijos eran "normales", que siempre había tenido parejas normales, que estaba bien casada. Y sin decirle nada a ella, Line pensaba, «Claro, yo soy mala hija, no tengo una familia "bien", Andrea no es normal, mis parejas son "raras" y no estoy "bien" casada. Suave».

«En resumen», se dijo Line, «para la Antonia, soy una loca que anda por la calles sin destino, mientras su padre muere».

«Si realmente le pudiera contar en lo que ando y qué me ha pasado, bueno, ahí sí me interna y valida todo lo que piensa de mí».

«¿Es esa la historia de mi vida? ¿Quién me dice eso con frecuencia?»

«Ahora, si le contara a Antonia, ella le contaría todo a Alice y esta, como es abogada, aprovecharía para entrar con una orden de interdicción por demencia».

Analizando toda su vida, se dio cuenta de que la Antonia le había dicho muchísimas pachotadas como esas, tal como Alice, y que ella tendría infinidad de motivos para no querer estar con ambas. Pero, familia es familia. «Como en la película *El Padrino*», se dijo, «es "La Famiglia", es la sangre, y a pesar de todos los problemas, peleas, prima el amor entre nosotros». Eso pensaba.

«Ni pensar en traiciones o hacerle mal a alguno de la "Famiglia". Eso es una buena forma (y positiva) de sacarme la mala onda contra ellas de encima».

«Entonces vamos por otro taxi, hacia la clínica. Ahora hago meditación móvil con tanto taxi. ¿Qué me ha pasado? A ver, desde que fui a la casa de Doña Alzira sucedieron muchas cosas, curiosamente, todas muy malas en tan pocos días».

Parecía que había pasado toda su vida por delante en este tiempo y que incluso asomándose un poquito al futuro tuvo certeza de que ya nunca más sería la misma.

Hacía días que no tenía contacto con Linda y, peor, se dio cuenta de que ella tampoco la había contactado. «Mejor así», pensó. «"Let it go". Mejor soltar que intentar sujetar a quien no te quiere».

Le envió un chat y Linda le respondió de forma rápida, y bastante fría, preguntándole qué quería.

Solo para medir qué pasaba, le dijo que la echaba de menos, que no había tenido noticias suyas y que le habían ocurrido muchas cosas. Cero tiempo de ponerla al tanto, y le pidió disculpas por eso.

Linda le respondió que le habían contado que estaba con Gustavo nuevamente y que los habían visto juntos tomando un café cerca de la oficina.

Line le respondió que nada que ver, que quien le contó eso le mintió, pues hacía rato que no hablaba con Gustavo.

Le dijo también que su papá estaba gravemente enfermo en la clínica. Y ahí Linda le dijo por qué no le decía no más que quería terminar con ella, y Line encontró que esto fue una pachotada.

–Entiendo todo, pero igual podrías haberme incluido en lo que pasa en tu vida, pues en general todo contigo es raro, Line.

Line, medio tostada, le respondió:

–¿De qué cosas raras me hablas? Eres tú quien quiere tener la relación como la tenemos y yo te he aceptado todo.

Pasó un momento y se percató de que Linda ya no estaba más disponible en el chat.

«¡Me bloqueó! Otra cosa más», se dijo. «¿Cómo llegó Linda a saber que había conversado con Gustavo? Misterio adicional. De repente alguien de la oficina pasó y se lo sopló. Gracias por la ayuda».

Llegó a la clínica y se fue directo al lugar de espera y ahí estaban Alice, Antonia y la Pepi, una amiga de su mamá.

Le gruñeron unos sonidos que se podrían haber interpretado como, "¡Ah! ¡Al fin llegaste!" pero no le dieron más atención, pues Antonia y Alice siguieron conversando con la amiga, como si efectivamente ella no hubiese llegado ni estuviera presente.

«¡Qué lindas!», pensó Line.

A Line se le ocurrió que al estar acompañadas, podría ser una buena oportunidad para limar asperezas con su hermana y su mamá. Así que decidió meterse en la conversación, más que hacer solo lo típico de mirar su celular.

TARDE, DÍA 4

Mientras la conversación iba y venía, Line de la nada les dijo a las tres, y sin pensarlo mucho,

–¿Puedo invitarlas a almorzar?

Las tres la miraron como si ella hubiese recién aterrizado desde Marte, pero le dijeron que era buena idea, pues igual el médico ya había pasado y Juan Roberto seguía estable en la misma condición, y podrían aprovechar este tiempo para comer algo.

«Punto para mí», pensó Line.

Line también se dijo que las cafeterías o restaurantes de las clínicas y hospitales no eran exactamente reconocidas por su calidad y excelencia culinaria.

«Nunca he escuchado a alguien que haya dicho: te invito este viernes por la noche. ¿Te parece que vayamos a la cafetería de la clínica tal? ¡Te va encantar la comida que tienen! O sea, hay más chance de que logres salir viva y que no te mate el motivo de salud que te llevó a la clínica, a que te escapes de la cafetería, donde se pueden encargar de que te "rematen" con su comida».

Por suerte encontraron mesa para ellas y decidieron pedir las tres el mismo plato, pues las posibilidades eran muy limitadas, todo frío y en envases plásticos.

Pidieron lo que aparecía en la carta como "plato vegetariano", una ensalada César con pollo. Y Line se preguntó, «¿En qué momento el pollo se transformó en vegetal?»

Alice y la amiga de la Antonia, la Pepi, empezaron a hablar de otros tiempos y Antonia hacía que escuchaba y prestaba atención, pero en realidad su mente vagaba por otro lugar.

En eso estaban hasta que Alice se acordó del nombre de una niña llamada Ingrid y que era conocida de la Pepi, y les dijo,

–¿Les cuento una aventura divertida de mi hermana con Ingrid? Ella había sido "súper amiga" de Line, y la había conocido al poco tiempo que llegamos de Brasil.

Line se puso alerta, pues era el típico preámbulo de Alice para tirarla a partir.

Alice siguió contando que en unas vacaciones, Line había pedido permiso a Antonia y a Juan Roberto para trabajar en una tienda de ropas, pues quería hacer algo y ganar lucas.

Line pensó, «Qué desgracia. En esa época no conocía a Alice tan bien como ahora, y además, con ese rollo de hermana-mayor-mi-mejor-amiga le conté, con muchos detalles, que había intentado seducir a Ingrid. Grave error».

Alice seguía.

–Ingrid vivía sola y había invitado a mi hermana a ir al cine Biógrafo, pasaban una buena película de David Lynch, y después la invitó a su departamento, que estaba cerca, ahí mismo, en Lastarria. Line venía saliendo de la relación con Celeste y en ese momento pensó que era una buena oportunidad para dejar de pensar en ella, y moverse hacia adelante. También se había dado cuenta de que Ingrid le estaba coqueteando. Line sabía que Ingrid no salía del clóset, a diferencia de ella, que claramente le comentó a Ingrid que era bisexual.

Al escuchar eso, la Pepi abrió los ojos y empezó a prestar una hiperatención y la Antonia se puso alerta.

–Line incluso le había contado a Ingrid que había terminado una relación y que la chica se llamaba Celeste, y pensó que así le transparentaba a Ingrid su situación, para que no tuviera dudas de qué iba a pasar si salía con ella. Entonces, después del cine se fueron al departamento de Ingrid y ella sacó un poco de alcohol y algo para comer.

«Claro que ya tenía todo preparado», había pensado Line.

–Ingrid empezó a tomar un trago después de otro, era vodka, y casi no comía, además, estaba muy nerviosa. Entonces Line se dijo, soy yo quien tendré que tomar la iniciativa y se aproximó a Ingrid y la besó.

La Pepi ya estaba medio incómoda escuchando el relato que contaba Alice y la Antonia miraba a Alice con cara de reproche.

–Ingrid se asustó, pero se dejó besar, y seguía con el vodka en la mano y tomando más de lo que debía. Line empezó a desvestir a Ingrid, y esta le dijo a Line al oído, vamos a mi pieza mejor. Cuando llegaron a la pieza, Line siguió desvistiéndola, e Ingrid a Line, hasta que estaban las dos desnudas, abrazadas y tocándose y fue ahí que Ingrid le dijo a Line, espérame un poco, que me siento medio mareada. Ingrid se fue al baño y Line desde afuera la escuchó como vomitaba.

Mientras Alice contaba la historia "divertida" de su hermana, que no tenía ningún lugar ahí, aparte de dejarla mal y exponerla frente a la Pepi y a la Antonia (que ponían cara de molestia) –Line no sabía si era por la desubicación de Alice, o porque era homofóbica o por la vergüenza que le causaba la situación–, se percataba lo mucho que Alice estaba disfrutando al dejarla mal.

Después que Alice terminó de relatar la historia, el almuerzo siguió menos tenso de lo que Line esperaba, a pesar de que hablaron muy poco. Después de pagar, subieron al piso en que estaba Juan Roberto, a la sala donde los familiares de los pacientes esperaban y le hacían guardia a los doctores.

La Pepi tenía cosas que hacer y se despidió de ellas con afecto.

Line, para cortar el silencio, le preguntó a Alice por su marido y sus hijos.

Alice la miró con cara de burla, y le respondió que estaban bien y que felizmente les iba bien a todos y después le dijo que mejor economizara sus preguntas para hacerse la simpática, cuando en realidad le importaba callampa todo lo que le pasara a ella y a su familia.

Line respondió que era una pregunta de cortesía e igual era bueno que supiera que quería mucho a su cuñado y a sus dos sobrinos. Alice la volvió a mirar con ironía, y con furia le replicó:

—Contigo no hay nada cortés. Eres una perra mal criada, mentirosa y puta. Todo lo haces calladita, mintiéndole a los papás para dejarme mal.

Y Line no se aguantó y le dijo:

—¡Pero si es exactamente lo contrario! Eres increíblemente manipuladora. Desgraciada, envidiosa, perra… Mira lo que hiciste ahora durante el almuerzo; tenías que contar esa historia mía, que es íntima, donde claro, quedé pésimo, para que la Antonia después le cuente al papá.

Alice se dio vuelta y le dijo a Antonia,

—¿Viste, Mami? Así es como me trata cuando estamos solas. Ahora no se pudo contener y perdió el control por la rabia. La anécdota no tenía nada de malo; era divertida y por eso la conté.

Luego, mirando a Line,

—Lo que no entiendo, —dijo Alice— es por qué el papá te tiene siempre tan en buena. Quien te conoce sabe que eres sinónimo de problemas y embarradas y solo le traes vergüenzas a toda la familia. En cambio yo, trabajo como tonta, cuido a mi familia como se debe y no soy valorada por ustedes.

–Perdona, Antonia, –dijo Line, mientras se levantaba para irse– pero esta galla es muy perra conmigo. Mejor me voy. Tengo mucho que hacer. Te llamo más tarde por si hay novedades o doy otra pasada.

Se dio media vuelta y caminó hacia el ascensor sin mirar a Alice.

TARDE Y ANOCHECER, DÍA 4

Line se dio cuenta de que tenía muy poco tiempo para ir a su departamento y luego al Centro.

Pai Joãozinho le había comentado un poco acerca de la ceremonia que harían para ella durante la noche; demandaría que se quedara a dormir en el Centro, pues debía pasar de la medianoche y como el barrio era peligroso, resultaba mejor que alojara ahí.

Le habló como si Line entendiera de qué se trataba, y le dijo que vendría un "Caboclo" y que en ese momento lo más probable es que ocurriera algo importante para ella, pero que él ahora no tenía idea de lo que pudiera ser. También le habló del "Capa Preta", que ella entendió como el que usa una "Capa Negra", y del enemigo que le había susurrado la frase:

–Tu padre y tu hija van a morir, para que sufras el resto de tu vida y tengas tiempo de arrepentirte.

Line le explicó a Pai Joãzinho que no podía quedarse a dormir en el Centro, pues no quería dejar a su hija sola, con todo lo que estaba pasando.

–Hasta ahora, es cierto, nada le ha pasado a Andrea, pero si llegara a pasarle algo quisiera estar ahí a su lado.

Line pensó que le gustaba mucho cómo la comunidad del Centro se saludaba entre sí, diciéndose "Saravá"[17].

---

[17] Saravá es una forma de saludo utilizada en algunas zonas de Brasil, y también como saludo en religiones afro-brasileras que significa algo similar a "Salve" o "Vida", y que a veces también se emplea para expresar sorpresa o asombro. Surgió en el portugués de Brasil desde los africanos esclavizados.

Su cabeza daba vueltas con tantas ideas y emociones. Al salir de la clínica se paró en la puerta y no había ningún taxi esperando pasajeros. Pero salió un auto que estaba estacionado un poco más lejos y se detuvo para que ella pudiera entrar. No estaba pintado de amarillo y negro como la mayoría de los taxis, pero tal vez era de esos especiales, que son azules, o blancos, o vaya saber qué color.

De forma automática le señaló al chofer la dirección de su casa y él, sin decir nada, puso rápidamente el auto en marcha. Empezó a mirar las calles alrededor de la clínica y vio que cada vez había menos árboles y vegetación, y sí se veían más edificios y tiendas de todo tipo.

Entre sus pensamientos, le llamó la atención que parecía no conocer el camino que estaba tomando el chófer, entonces, solo por curiosidad, se le ocurrió preguntarle,

—Señor, ¿qué ruta está tomando para ir a Providencia?

Y el chofer en ese momento llevó la mano hacia la radio y aumentó el volumen de la música al máximo. Junto a eso, se lanzó a correr como loco, adelantando cuanto auto había al frente.

Line se sujetó fuerte en el asiento trasero, pues el conductor manejaba en un zigzag despavorido, como si alguien estuviera persiguiéndolo o le hubiera pasado algo grave. «O incluso esto tiene que ver conmigo. Para variar», pensó.

Pero algo ocurrió para suerte de ella.

Adelante del taxi, en un cruce, un camión enorme que cortaba cualquier posibilidad de movimiento, se interpuso bloqueando la calle —nada raro en Santiago si quieres andar rápido— y de inmediato generó un taco enorme por el volumen del tráfico a esa hora.

El auto tuvo que detenerse. El chofer hacía como que no escuchaba nada, pues el volumen de la música superaba la voz de cualquiera que estuviera gritando a todo pulmón. Aprovechando que el automóvil había parado, Line intentó abrir una de las puertas y después la otra, pero estaban bloqueadas con seguro para niños y nada pudo hacer.

Y en eso recordó que la gente se burlaba de ella por sus carteras, que aunque tienen un tamaño razonable, son muy hacedoras y ella pone todo lo que pudiera necesitar en cualquier momento, lo que hace que sus carteras sean muy, muy, muy pesadas y esta además tenía forma de roca. Entonces Line agarró muy firme la cartera y se agachó lo suficiente como para usarla de catapulta, evitando que rozara el techo del auto, y le pegó con toda su fuerza en la cabeza al hombre, dejándolo totalmente atontado y medio inconsciente.

Acto seguido, Line se estiró para alcanzar el desbloqueo de las ventanas, –sintió mucho asco al tocar el cuerpo del tipo– bajó el vidrio y pudo abrir la puerta desde afuera. Salió corriendo entremedio de los autos, que ya empezaban a moverse.

Pero casi nadie podía avanzar, pues el conductor estaba recién recuperándose del golpe, y con todos bocinando y haciendo gestos poco amigables para que despejaran la calle, él a duras penas atinó a mover el taxi, sin intentar perseguir a Line.

Line pensó, «podría haber confiado más en Ogum», y mientras caminaba, no supo cómo se lo dijo a sí misma, pero en su mente se escuchó «Saravá, meu Pai».

Ya con esa tranquilidad, levantó la mano derecha, detuvo un taxi y se fue a su departamento.

Andrea estaba en casa y Line, al verla, la saludó con un largo abrazo, que sorprendió mucho a su hija. Le contó que tendría que dormir afuera esa noche y que estaba complicada en tomar la decisión de hacerlo o no.

–Había dicho que no, pero me están pasando demasiadas cosas raras y necesito hacer algo para enmendar esto. Me recomiendan una actividad que se hace muy tarde, pero también tengo miedo de dejarte sola y además, de andar por las calles de Santiago sin compañía pasadas la una de la mañana.

–Mamá, me hablaste todo en súper vago, o sea, no sé en qué estás, parece que no me quieres contar nada –le contestó Andrea.

–Lo sé y lo siento –dijo Line.

–Te conozco, mamá, y tengo mis flashes de consciencia dentro de mi egoísmo y adolescencia. ¿Estás con otra pareja y eso te tiene complicada? Por la razón que sea, no necesito saber nada, y siempre confío en ti –añadió Andrea.

Le preguntó después si estaba complicada pues su pareja era una mujer y no un hombre y le dijo que eso no era ningún tema para ella.

–Mira, antes que nada, quisiera asegurarte que no estoy loca y que no es tema de parejas, ¿ok? Y si no me crees sana mentalmente, solo imagínate la posibilidad de que lo que te cuento pudiera ser verdad – le explicó Line.

Line le contó todo lo que creyó necesario que ella supiera. Y le pidió también que tomara mucho cuidado con cualquier cosa extraña que apareciera.

Line agregó que ahora finalmente se hacía consciente de gran parte de lo que había vivido, de entender su historia, y le dijo que a pesar de todas las cosas malas que estaban pasando, estaba muy contenta de reconocerse y darle significado a la energía que la había movido siempre.

También le confesó a Andrea, con algo de pudor, que tenía certeza de que lo que le estaba pasando a su abuelo, aquello que ningún médico lograba explicar, está relacionado con los mensajes y que ella sabía que parte de su energía está luchando para mantener vivo a Juan Roberto. Por suerte su hijita estaba a salvo, pues por la gran cantidad de cosas malas que han ocurrido, algo podría haberle pasado, pero nada, hasta ahora.

Andrea le volvió a decir que se quedara tranquila, que sabía que ella como mamá la creía más chica de lo que era, pero que igual tenía harta calle y sabía defenderse muy bien.

–Soy tu hija –le dijo orgullosa Andrea–. Confía en mí –mirando a Line, que tenía sus ojos llenos de lágrimas.

Line le confesó que sabía que se encontraba en el peor momento de todo este enredo, pero que estaba trabajando con la gente del Centro para estar bien, y que confiaba en que todo pasaría pronto, pero que igual no había certeza sobre lo que vendría.

Principalmente, si en algún momento aquella amenaza de que "alguien iba a morir" se diera, la incógnita sería quién y cuándo, a menos que fuera ella misma, como lo había visto. Pero eso no se lo dijo a su hija.

NOCHE, DÍA 4

Line llamó a su amigo Jorge Lira por si él podría darle una mano llevándola al Centro, pues tomar taxis ya la tenía muy saltona. Qué lata no poder contar con mucha gente de su familia. Claro que siempre estaban su prima Michelle y su primo Sebastián, a quienes podría llamar.

Line pensó, «Pero familia no te ayuda como un amigo o amiga, con cosas domésticas. Además, después vaya a saber qué le pueden contar a mis tíos y el cuento ya dio vuelta a la vuelta, la rueda se movió y le llega a la Antonia y después a Alice. No, ni imaginárselo».

«Pucha, la mayoría de mi familia ya me tenía como loca y problemática. Con esta historia, si llegara a salir al aire, mi ya baja reputación dejaría de existir. Y me internan», se dijo Line.

Llegó Jorge y se saludaron con cariño y este le preguntó,

–¿En qué malos pasos andas, Line?

–Ojalá fueran malos, Jorge, y además contigo, pero, ya sé que estás en otra ahora –le comentó Line, divertida.

–Ay, Line, siempre haciéndome ver que quien terminó nuestra relación fui yo…–dijo riéndose Jorge–. Bien sabes que fue al contrario. Igual es chistoso.

–Por ahora mejor ni te cuento en qué estoy, Jorge, pero ya tendremos tiempo de conversar. Si te digo ahora, de partida no me lo creerías –le explicó Line.

–Siempre te he creído muy loca, Line, desde que te conozco, pero nunca mentirosa. Fuiste tú quien no quiso creer en mí y seguir. Yo contigo me iba hasta la muerte y vendía mi alma. Bueno, nunca tanto. Un poco antes de la muerte y de vender el alma, por si acaso. No vaya a ser que el diablo lo tome en serio y en la próxima esquina me lo cobra —le dijo Jorge.

—¿Cómo no? ¡Seguimos siendo amigos! ¿Qué más quieres? Igual no hubiera pasado mucho más, Jorge —le dijo Line risueña.

—Line, este tipo de amigo te funciona solo a ti; eres re-egoísta. Es distinto ser libre a usar a la gente para su propio interés. Date cuenta. ¡Me llamaste porque no querías tomar un taxi! ¿Cachai para lo que estoy?

—Podría haber llamado a otro amigo... y te preferí a ti —le dijo Line sonriendo, a lo que Jorge solo movió la cabeza con gesto alegre.

Jorge la dejó en la puerta y al despedirse quedaron de verse después, en una o dos semanas.

Line entró al Centro, ya como si fuera su casa.

Al fondo se escuchaban tambores (atabaques) sonando, golpeados con ritmos que se parecían a músicas de Caetano Veloso, como Maracatú Atómico, aunque no sabía cómo catalogarlos, y se oían cánticos muy hipnóticos con letras que ella no entendía, pues seguro no estaban en portugués y posiblemente cantaban en Nagô o en algún otro dialecto africano.

Al llegar a la sala donde estaban cantando, encontró a Gabi, a quien al verla se le iluminó el rostro y se levantó de la silla para ir a recibirla y saludarla nuevamente con el cariño y afecto que le había demostrado desde la primera vez.

Line pensó, «Ay, ay, si no estuviera como estoy, a esta no la perdonaría. Hace todo para provocarme y lo logra».

Gabi le dijo que estaba súper feliz de que estuviera ahí con ella y la invitó a ir a los camarines diciendo que estaba lista su ropa para la ceremonia.

Ya en los camarines, Gabi abrió la puerta de uno de los lockers y sacó el vestuario para Line. Le pidió que, por favor, se quitara la ropa y que después ella la ayudaría a vestirse, pero le informó que para esta ceremonia, previo a vestirla, debía hacerle una "limpieza" con una poción especial.

Line pensó, «No puede ser que ella acá quiera seducirme. No lo puedo creer».

Pero Gabi, con su cuerpo muy cerca de Line, la miró bien fijo a los ojos, y muy pícara, le dijo:

—Eso no lo haremos ahora.

Line también se rio de forma más relajada y le respondió,

—Seguro después.

Entonces Gabi la desvistió y la dejó totalmente desnuda. «Qué seria y profesional».

—Espérate un poco –le explicó.

Salió de la sala y volvió con una tinaja muy grande, de esas antiguas de campo donde las personas se lavaban, y trajo también una damajuana, que probablemente contenía la poción para la limpieza.

Gabi le pidió a Line que se parara con sus dos pies dentro de la tinaja, y sacando el líquido de la damajuana –que se veía verde y viscoso–, empezó a mojar su cuerpo desde la cabeza para que este fluyera por todo el cuerpo hasta llegar a los pies.

Line no podía creer la escena. Estaba desnuda, junto a esta belleza de mujer, y ella echándole en la cabeza un líquido raro –que seguro tenía muchas hierbas (aparte de ruda)–, sin que sucediera nada de lo que hubiese pasado en otro momento de su vida, y solo se rio por dentro. Gabi le dijo a Line:

–La limpieza en nuestra religión es un proceso espiritual que hace la invocación de entidades para que ayuden a sacar las malas energías que están en tu vida y que transportas en tu cuerpo. Esta limpieza elimina lo malo y te prepara para la ceremonia[18].

Después vertió gran parte del contenido verde sobre su cuerpo, con las hojas y ramas empapadas de ruda y, usando el mismo líquido, Gabi empezó a frotarle el cuerpo con una esponja natural, diciéndole repetidas veces:

–Ki awon eniyan mimo we okan ati okan re nu.
Je ki oogun yii se aabo fun o lati inu speritus buburu.
Ki awon eniyan mimo we okan ati okan re nu.[19]

Gabi repasó cada una de las partes del cuerpo de Line con hojas y ramas de ruda.

Después le pidió que saliera de la tinaja y se parara sobre una toalla que había puesto en el suelo.

Le dijo unas cuantas palabras más y el líquido que le había vertido ahora sobre el cuerpo de Line parecía una crema, y con un paño especial empezó muy despacio a esparcirlo por su cuerpo, primero en el rostro, después la espalda, los senos, hasta que Gabi se arrodilla y hace lo mismo desde los pies, las piernas, la entrepierna, para finalmente pararse frente a ella, y repetir:

–Ki awon eniyan mimo we okan ati okan re nu.
Je ki oogun yii se aabo fun o lati inu speritus buburu.
Ki awon eniyan mimo we okan ati okan re nu.

---

[18] Conocido como "baño de descarga" ("banho de descarrego").
[19] Que los santos limpien tu alma y tu corazón.
Que esta poción te proteja de los malos espíritus.
Que los santos limpien tu alma y tu corazón.

Gabi le dijo que ahora le pasaría la misma ropa que había usado –esa ropa de hombre– y sonrió nuevamente de forma pícara, y mientras Line se vestía, le comentó:

–Ten fe. Es lo único que necesitas tener ahora –y le dio la mano para que Line la siguiera.

Se escuchaba ahora el canto de "Meu pai Oxalá é o Rei…" repetidas veces.

Line, llevada de la mano por Gabi, se puso detrás de la rueda y las dos entraron juntas una vez que esta se abrió, y les dieron el espacio para pasar.

Gabi empezó a cantar junto con todos y a moverse, y Line, sin saber muy bien qué hacer, solo se dejó llevar por el movimiento de la rueda, pues no tenía idea de qué debía cantar al inicio, pero de a poco se percató de que era casi siempre lo mismo.

Eran frases cortas que después se mantenían por largo rato y ella poco a poco empezó a cantar y a moverse junto a todos.

Cada vez distinguía más las palabras de los cantos y le empezaron a hacer sentido con tanta repetición y mientras seguían cantando y dando vueltas, perdió por completo la noción del tiempo.

«¿Cinco minutos? ¿Media hora? No tengo idea», pensó Line. Y siguió dando vueltas, y en un momento dado, ella se movió o no sabe cómo se dio, pero estaba nuevamente en el medio de la rueda, cantando y bailando y girando con mucha rapidez, y giraba y giraba y giraba.

No estaba mareada, simplemente ya no tenía control de su cuerpo y seguía escuchando muy lejano ahora el canto de "Meu pai Oxalá é o Rei…"

Line se percató de que Gabi seguía en la rueda, y le pareció más bonita aún de lo que era. De pronto vio que Gabi estaba cambiando de lugar y se dirigió hacia ella en el centro de la rueda.

Al aproximarse, Gabi la sujetó con una mano por la cintura con fuerza, y con la otra mano por el cuello, como cuidando su nuca, y en ese mismo momento, Line sintió un golpe violento en todo su cuerpo. Era una mezcla de dolor y placer sexual guiado por Gabi y por la rueda, y empezó a tener espasmos por todo su cuerpo, cada vez más fuertes – como si fuera una yegua salvaje– mientras Gabi la sujetaba en un corcoveo para que no se cayera al suelo.

Cuando los espasmos se detuvieron, Line miró a Gabi y vio que ella también estaba en esa montaña. La vio luminosa y como una princesa.

Line empezó a observar y a descubrir parte de su pasado, quiso mirar a las personas que estaban en la rueda, pero nada, no había nadie, y aunque ella sabía que el sonido de los cánticos continuaba, ya no los oía.

Estaba solo ella con Gabi y todo el resto era vacío.

Entonces se le ocurrió mirar hacia el lado izquierdo y se dio cuenta de que había una "película". No en una tele. La película a su lado era real.

Miró hacia arriba, del mismo lado izquierdo, y detectó que eran muchas más películas "reales" que estaban pasando. Todas simultáneamente.

Podía ver el pasado, parte del presente, y también algo del futuro.

Algunas imágenes eran mejores que otras y algunas sin sonido, pero era como tener la vida entera delante de sí; ahí estaba su familia, sus amigos, sus amores y desamores.

Surgió nuevamente la misma imagen que ya había visto y parecía que estaba viendo su futuro, el momento de su muerte.

La imagen era muy mala, era de noche y no se escuchaba nada, pero se veía rodeada por un par de tipos, que la amenazaban y la tenían acorralada –sintió la impotencia de no poder hacer nada– y de repente estos tipos la tiraron al suelo.

Ella se levantó, miró las palmas de sus manos –estaban heridas por la caída– y vio que uno de los tipos le dijo algo a sus compañeros, algo que no logró escuchar, mientras los otros simplemente la miraron y sacaron sus revólveres.

Después, el mismo tipo le dijo algo más a ella y sin pausa todos le dispararon al cuerpo descargando las balas que tenían, y ella, otra vez, simplemente observó cómo sería su muerte.

MADRUGADA, DÍA 5

Line empezó a tener arcadas por falta de aire y sentía que estaba pisando una nube de algodón. «¿Sería eso para estar muerta?», pensó.

Ahí se desmayó, pero Gabi estaba alerta y logró sujetarla para que no se golpeara en la caída con ese corcoveo, pero lo que ocurrió es que se mantuvo erecta, y abrió los ojos. Ya no era ella por su postura y los cantos le dieron la bienvenida repitiendo muchas veces:

—Acá viene el exultante guerrero que trae fuerzas para este "Terreiro".

Line empezó a moverse con gran dificultad y pesadez, y se conectó con su abuela materna Regina.

Su abuela venía caminando desde lejos, era un camino sin fin, hasta que llegaba a su lado y la tomaba de la mano. Juntas, iban hacia una cascada de agua.

«¿Cuánto años tengo ahí?», se preguntó Line. «Como nueve, probablemente».

Y se dio cuenta de algo. «O sea, sigo acá en este cuerpo siendo Line, pero ahora también soy otro».

Recordó que una vez en que su abuela había ido a visitarlos a Brasil, hizo algo parecido a la "limpieza" de Gabi, solo que con un vaso, y le había pedido entrar en la cascada de agua. En ese momento, como niña, lo vio como un juego, pero ¿había sido un ritual de Regina?

Los cantos seguían y ahora decían:

—Es la Pomba-Gira quien llega, y fue quien le pidió a Ogum que, por favor, viniera.

Y todos a coro decían "Saravá".

Line sentía que daba vueltas y vueltas, y que todo pasaba en su cabeza, pues aún no sabía quién era el otro que estaba en su cuerpo.

Otra persona usaba su cuerpo, pero no se comunicaba con Line. Su cuerpo servía solamente como un caballo para llevar a ese jinete.

¿O sería solo ella? Identificó más cosas de su vida pasada, del presente y de su futuro.

Sabía que tenía los ojos abiertos, pero no veía su realidad anterior. Lo que pasa es que ahora veía a las personas y a todas sus historias y vidas pasadas, presentes y futuras, y además miles de voces hablando al mismo tiempo, que le demandaban fijar la atención y concentrarse en separar las escenas e imágenes para hacerlas comprensibles. O si no, todo se confundía y mezclaba.

Se puso a temblar, pues detectó una imagen en la cual ella misma era protagonista y se esforzó para ver algo; la imagen estaba muy oscura e igual no logró identificar lo que se estaba hablando.

Cuando iba a identificar quiénes eran las personas con quienes hablaba, algo ocurría, la luz se hacía aún más tenue y justo el que le hablaba se ponía en una posición en que se veía a sí misma, pero no al otro, y las otras personas estaban de espaldas.

Parecía ser un hombre con un corte de pelo más largo, o una mujer con un corte de pelo más corto. Así de mala era la imagen de lo que veía.

Incluso parecía que había algunas personas —esas sí las vio— que eran hombres, y que también le daban la espalda.

En una imagen, volvió a aparecer su abuela Regina y en otra, también su abuela paterna Isabel, con la cual tuvo muy poco contacto.

En otra imagen vio a sus padres adolescentes, pero separados, y pareciera que ahí fue donde se conocieron. ¿Será que eso era parte de las memorias que tenía de cuentos anteriores que había escuchado y que volvían a aparecerle de forma recurrente? Pero esto era real. Los veía.

Se preocupó de buscar una imagen de qué pasaba con su padre y con su hija Andrea, pero cada vez que llegaba cerca, tenía dos imágenes y le aparecía la Pomba-Gira (la reina dando vueltas) y le decía, "ya tendrás el momento y ahí verás quién soy y quién eres y nos veremos, ya sea como cuando fuiste María o cuando fuiste Mario".

Y Line se preguntó, «¿Quién sería María? ¿Y fui Mario? Seguro tiene que ver con este sinfín de historias que se encadenan en nuestras vidas y que no tenemos presente. Pero ahora parece que el "jinete" me comparte lo que quiere que yo sepa».

Los cánticos ahora decían:

—Mira cómo da vueltas la Pomba-Gira, reina de las faldas que giran y de los gitanos en el lodo.

En otra imagen que seguía, se le presentó Exú, y ahora al lado de Ogum, su padre. Lo veía cómo venía volando en un dragón hacia ella, y ella emocionada con lo que pasaba no podía respirar.

Ogum desmontó del enorme animal, con ropa de guerrero, y sacó su espada.

Ahí se dio cuenta de que el animal en realidad era un caballo blanco. ¡Pero enorme! Y este aspiraba todo el aire de la sala y suavemente, pero con fuerza, empezaba a exhalarlo.

El aire se transformaba en un aire rojo, y cubría su cuerpo como si fuera un manto que la protegía haciendo de escudo, y que la hizo desaparecer.

Ella, extenuada y feliz, supo que había vivido algo que no podría racionalizar, y que ya nunca más sería la misma.

En ese momento, dejó de tener consciencia de ser Line.

Su cuerpo seguía hablando y moviéndose.

Su mente simplemente dejó de estar y de ser quien había sido en esta vida.

MAÑANA, DÍA 5

Line despertó sin saber que se había ido a dormir. No se acordaba de nada.

Durmió en una cama de soltero y se percató de que en la habitación había otra cama igual, donde dormía Gabi.

«Pareciera que no dormimos juntas, por ahora», se dijo Line.

Se levantó despacio, queriendo hacer el mínimo de ruido y se dio cuenta de que no llevaba puesta la ropa de la ceremonia.

«Uyyyy», pensó, «lo más probable es que Gabi me desvistiera y me haya puesto esta polera y estos shorts para dormir».

La ropa de ceremonia estaba en una silla, doblada junto a la suya, que había dejado en el locker de los camarines.

Gabi escuchó que Line se había movido y se dio vuelta para mirarla y ver qué hacía, y le dijo, con una sonrisa amable,

–¡Bom día para você! ¿Cómo estás?

Line le dijo que casi no podía abrir los ojos, y que se sentía muy cansada y tensa.

Y Gabi le propuso que si quisiera, ella le haría un masaje en el cuello, a lo que Line respondió,

–Mejor no, por ahora. Creo que en pleno masaje dejará de ser un masaje.

–¡Tienes razón! Mejor en otro momento –contestó Gabi con risa.

–¡De todas maneras! –respondió Line sonriendo.

Fueron a tomar desayuno en la cocina común de la casa, donde muy a la "brasileira" todo era alegría, hablaban fuerte, se reían y ¡había mucha comida! A Line le hizo recordar cuando vivió allá.

En la cocina estaba Doña Alzira conversando con Pai Joãozinho, y al verlas las saludaron con cariño.

Gabi y Line se sentaron junto a ellos, y Doña Alzira, de la nada, le dijo que se veía muy bien ahora, y seguro todo le resultaría, pues para ella misma, todo lo que había logrado en su vida, lo había logrado ahí, con la ayuda de la gente del Centro, con Pai Joãozinho.

Pai Joãozinho se rió y dijo que probablemente Line no se acordaba mucho del "trabajo" que hizo en la noche, y que solo recordaba fragmentos de la ceremonia. Entonces, mirando de frente a Line, le dijo:

–Todo lo que tenía que ser hecho ya se hizo. Ahora vendrán cosas que pondrán a prueba el trabajo, y en la medida que tengas fe en Ogum y en los Orixás, y que confíes, estos te van a proteger, incluso en las situaciones más difíciles.

Line sonrió con agradecimiento, y añadió con un tono de alivio:

–Gracias por toda la generosidad y por acogerme.

Tenía mucha hambre y le dolía la cabeza como nunca, además estaba al lado de Gabi, quien se encontraba prácticamente desnuda, en clara señal de provocación, como si fuera nada.

Su mente seguía dando vueltas y vueltas, y se volvía a preguntar, «¿Qué había pasado desde que empezó este lío? Ahora, después del "trabajo", parecía que todo era diferente para ella. ¿Será que me dieron algo? ¿O será que el humo tenía alguna sustancia y estábamos todos drogados?»

Ahí volvió a mirar a Gabi casi desnuda con una camisa de pijama semitransparente y sin ropa interior debajo, y se dijo, «Nada que ver. Todos acá quieren ayudarme y a veces soy hiper-desconfiada con la gente equivocada».

Sonó su celular y era su amigo Julio de la PDI.

—Line, —casi gritando— ¿puedes venir a la Central ahora?

Ella respondió que claro, que iría de inmediato.

La voz de Julio había sonado tan fuerte que no necesitaba contarles a los otros lo que le había dicho su amigo. Gabi puso cara de celos y Line explicó a todos quién era Julio y en qué estaba ayudándola, en realidad, el mensaje era para tranquilizar a Gabi, y ahí les dijo, estamos en contacto muy pronto, ya vuelvo a verlos y les cuento cómo me ha ido en la PDI. Después se dirigió a Gabi y le propuso,

—¿Te parece que te llame para que veamos algo juntas?

Gabi de inmediato respondió con alegría y una sonrisa generosa de lado a lado en su rostro, que "claro, con gusto".

Al salir del Centro iba pasando un taxi y pensó, «lo voy a tomar igual».

Llegó súper rápido a la Central de la PDI y a la entrada preguntó por su amigo. Él pronto apareció para llevarla a su oficina, y mientras caminaban, Julio le dijo medio nervioso:

—Tenemos indicios de lo que ha pasado en el banco.

Line junto a Julio llegaron a su oficina y la secretaria del piso sugirió,

—Julio, mejor júntense con el resto del equipo en la sala de reuniones – y se dirigieron hacia allá.

Al entrar a la sala de reuniones, Julio hizo las presentaciones y le dijo a ella:

—Este Pelao con cara de perro bueno es Juan López, nuestro genio informático y ella es la Subcomisaria Oriana Peña, quien trabaja en la Brigada de Delitos Informáticos.

Line pensó, «Por la cara de nerds parecen más colegas de informática que policías». Se saludaron de forma rápida e informal, y conectaron un notebook al datashow de la sala. Ya con la proyección andando, uno de ellos le dijo a Line:

–Entendemos que eres colega informática, te mostraremos lo que hemos encontrado y cero tema con simplificar el lenguaje técnico. ¿Te parece?

A lo que Line les respondió que le parecía muy bien.

–Bueno, –dijo Juan– la persona que usó tus credenciales había pertenecido al banco. Lo habían despedido hace seis meses. Él había sido parte importante en el desarrollo del software que después él mismo hackeó. Era el Arquitecto Senior de esa aplicación.

Line no pudo reprimir una expresión de sorpresa.

–¿Lo conocía usted? –le preguntó el Pelao.

–Claro que sí –le dijo Line.

–Este tipo, anticipándose a que en algún momento fuera despedido por el Banco, dejó varios micro-programas embutidos, y muy bien camuflados para que si hubiera una auditoría no pudieran ser detectados. Estos eran solo distintas puertas de entradas y de acceso a la aplicación. Él podía entrar cuando quisiera y tomar control del software, desde cualquier parte donde estuviera, con solo tener acceso a la internet. Mira lo que él hizo en el programa; te lo vamos a abrir, para que veas que en la medida que se abre, ya te puedes percatar de que hay líneas de códigos apuntando a ciertas partes que no hacen sentido en la misma secuencia. ¿Te das cuenta?

–¡Me parece increíble! –comentó Line.

Continuaba explicando el Pelao.

—Si sigues todos estos saltos —lo señaló en el datashow— puedes darte cuenta de que hay otro programa embutido, como si fuera parte del mismo software del Banco, y que está presente en cada uno de los módulos del sistema; y es ese software embutido el que le permitió hacer lo que quisiera, incluyendo, tener acceso a log de usuarios y claves que tenían un espejo sin encriptar.

Line les dijo al Pelao y a Oriana,

—Es que este software existe hace más de quince años y ha tenido varios desarrolladores que le han metido mano durante este tiempo. Para el Banco sale mejor seguir escribiendo sobre el mismo que hacer lo que corresponde, es decir, reescribirlo entero y partir de cero. Por costo, sale mejor seguir adelante haciendo parches.

Y el Pelao siguió explicándole.

—Revisemos la parte de las conexiones, para que veas por dónde entró. Como te imaginas, lo hizo desde afuera de las oficinas del Banco. De haberlo hecho desde el mismo banco, nos hubiera costado kilos pillarlo. Entonces, desde afuera del Banco, él abrió una de las varias puertas que tenía para entrar, fue al log de usuarios, sacó tus credenciales, limpió esa huella de su entrada, se desconectó, y después volvió a conectarse, pero en esta nueva ocasión, entrando como Line, con tus credenciales. Ya sabes, cuando volvió a entrar, para todos los efectos, eres tú quien está usando el software. El hacker nunca tuvo la finalidad de robar al Banco, pues pudiera haber hecho alguna transferencia si hubiese querido; vimos que pasó por ese módulo, por su misma navegación, pero no lo quiso hacer. ¿Y por qué no lo hizo? Bueno, porque si sacaba dinero de una cuenta del banco, este dinero debía ir a otra cuenta. Si la mandaba a una cuenta tuya, no sería muy creíble. Se veía que no fuiste tú, pues es muy burdo. De buscar otra cuenta, corría el riesgo de que lo pillaran. Solo quería incriminarte, ¿cachai? Ahora, volviendo a la conexión; como el ataque fue desde afuera, seguimos la huella de los varios servidores que él fue usando como espejo y que facilitaron que su IP fuera cambiando para mantenerse encubierto. Tuvimos suerte, ya que con un rastreador y más, gracias a la ayuda de la Interpol, pudimos ver todo el trazado que hizo. Partimos desde la entrada de la IP en el banco. Detectamos cuál era el proveedor que tenía el banco, y después con quién se conectó este proveedor y este otro, hasta que dimos la vuelta al mundo y volvimos a Chile y logramos descubrir por cuál proveedor había salido y dónde se había generado esa IP de entrada. Esa información nos dio la dirección precisa del departamento desde donde se había hecho la conexión. La dirección apuntaba a una oficina pequeña, de esas que venden juegos pirateados, y cuando la allanamos, había dos tipos que se sorprendieron mucho con nuestra llegada y creían que estábamos por los juegos truchos, pero piola nosotros; nos quedamos callados sin decirles cuál era la razón por la que estábamos ahí. Les dijimos que eso de los juegos sin duda era muy grave, pero lo que sí era extremadamente grave, que seguro por eso irían a prisión, era hackear un Banco. Los dos tipos, temblorosos y casi a punto de llorar, se miraron y casi al unísono dijeron: "No fuimos nosotros". Les dijimos que bueno, pero el hecho es que sabemos que el hackeo se hizo desde acá, y si no fueron ustedes, entonces ¿quién fue? Ellos de inmediato dijeron, "Fue un amigo nuestro que nos arrienda un espacio para hacer unos trabajos acá. Nos dijo que le costaba mucho concentrarse en su casa. Antes él había sido empleado en un Banco, y si es el mismo Banco, seguro fue él. No ha venido nadie mas acá y no fuimos nosotros".

El Pelao siguió,

–Con la información que nos entregaron fuimos a la casa del sujeto y ahí estaba trabajando, y en ese momento, además, estaba desarrollando sitios Webs pornos y ganaba con la actualización y mantención de esos sitios. Al allanar su casa, no solo se sorprendió, sino que estaba muy nervioso cuando le dijimos que sus amigos lo habían delatado por haber hecho un hackeo al Banco. A él sí le dimos el nombre del Banco. Le dijimos de inmediato que si confesaba y colaboraba, la pena de tres a cinco años que tendría sería mucho menor, pues se haría un juicio abreviado y podría llegar a un acuerdo con el Banco. Le dijimos que en ese momento estábamos requisando su Mac y seguro que ahí estaba toda la historia, por lo tanto, o colaboraba él, o la máquina lo iba a delatar.

Julio añadió:

–Trajimos al sujeto acá a la Central y este se puso a llorar y entre sollozos de arrepentimiento, contó que lo habían contratado por una suma que para él era muy importante –era casi un año de ingresos para vivir– y ahí le dije que esa confesión no servía para nada si no me daba el nombre de la persona, y el tipo dijo que nunca le había dicho quién era, pero por como hablaba se imaginó que era abogado y que había usado una *lapicera cámara fotográfica* con la que le había sacado una foto. Con esa foto lo había buscado en la internet y había llegado a que se llamaba Pedro Cárdenas M.

Julio le preguntó a Line si lo conocía y ella le dijo que no.

–Line, tu hermana Alice es abogada, ¿cierto?

Cuando Julio mencionó el nombre de Alice, Line puso una cara rara, como que algo no le hacía sentido, con la boca un poco abierta, sorprendida, muy desconcertada. Line le dijo a Julio,

–Esa pregunta tuya tiene una implicación detrás, y no me gustó que la hicieras. ¿Tienen pruebas de que ella pudiera estar conectada con este abogado? Hay miles de abogados en Chile.

–Bueno, no tenemos pruebas de nada, Line, perdona por aludir a tu hermana, pero estamos buscando conexiones. En este momento tenemos que validar lo que dijo el hacker, y que puede ser mentira, pero por como lloraba, creemos que no lo es –le aclaró Julio–. Ya estamos buscando al abogado Pedro Cárdenas, que sí validamos que existe, pero no sabemos cómo pudiera estar vinculado con todo ni qué lo habría motivado. Aparte, él pudo haber sido solo el mandante de otra u otras personas y quizás Cárdenas tampoco sepa mucho. Igual lo que hizo es ilegal.

–A propósito, –siguió Julio– el hacker pidió el pago en efectivo y anticipado, y no hay ninguna prueba del encuentro de ellos.

Line, todavía muy metida con la sospecha que le había levantado Julio, le dijo,

–Una cosa es que no nos llevemos bien con mi hermana, y la otra es que ella quisiera verme presa y destruir mi vida. Igual es mi hermana. Somos familia, ¿cachai?

–Perdona por eso –le dijo Julio a Line–, aunque la parte buena que podríamos asegurarte de todo esto, es que la gente del Banco sabrá que no fuiste y tendrán que pedirte, supongo, las disculpas del caso, pues hay alguien que confesó el hackeo.

Line le preguntó a Julio si la gente del Banco ya lo sabía y Julio le dijo,

–No, todavía no; queríamos hablar contigo primero y después llamarlos.

Line aprovechó y le preguntó,

–¿Y saben ustedes quiénes me han secuestrado para firmar esas hojas en blanco?

Y Julio respondió que no, pues era más complicado que este tema del hackeo, a pesar de que no pareciera. Entonces Julio le dijo a Line,

–Sé que no te va a caer bien lo que te voy a decir, pero me parece que tendremos que investigar en qué anda tu hermana.

Line, mirándolo con sorpresa, le contestó,

–Bueno, haz tu pega, pero vas a perder tiempo, solo peleamos como hermanas, pero es mi hermana. ¿Vale? Yo haría todo por ella y sé que en dificultades ella haría lo mismo por mí.

–Ok, tienes razón, tengo que hacer mi pega. Aquí hay un abogado que le pasó "lucas" a alguien para hacer un hackeo, hay un banco que va a querer que todos tus cercanos sean investigados. No es por ti, ni porque sea tu hermana. Simple. Tengo que seguir la línea de investigación. En una de esas, tu hermana dijo algo a algún colega, este a Cárdenas, y la propia Alice nos puede ayudar a seguir avanzando con la investigación –le explicó Julio.

Julio miró a Line y le dijo,

–Pucha, cuánto lo siento verte metida en todas estas cosas pencas.

Line se levantó para irse y les dijo a todos,

–Muchas gracias por la gran ayuda que me han dado y además tan rápido. Se pasaron.

Se despidió y su idea era ir primero a la clínica y después a su departamento para ver cómo estaba Andrea, por si pudiera conversar un rato con ella y además, escaparse del mundo.

En el taxi llamó a Antonia y le preguntó cómo estaba su papá y Antonia solo le dijo, "Sigue igual".

A Line le salió de la nada decirle a Antonia:

—Tengo certeza, mamá, de que muy pronto el papá estará bien.

Antonia la escuchó y se mantuvo en silencio. Solo cortó la llamada.

Line se dio cuenta de que había llamado "mamá" a Antonia y ya no se acordaba cuánto tiempo había pasado desde que le dijera así por última vez. Pareciera que fue en aquella ocasión cuando estaba jugando en su casa con su prima Michelle.

La prima era la mamá y ella el papá. Y hacía como que llegaba del trabajo y saludaba a la mamá con un beso. Ahí fue cuando entró la Antonia y la pilló besando a Michelle, y Antonia le dijo:

—¿Qué estás haciendo, Line?

—Estamos jugando al papá y a la mamá con Michelle, Mamá —respondió Line.

Antonia, furiosa, con su rostro enrojecido de rabia, le gritó:

—No me llames mamá si haces ese tipo de cosas —apuntando con el dedo a Michelle, que en ese momento se había puesto a llorar.

Line recordó que no había entendido mucho lo que había pasado, pero pensó tantas cosas en relación a su mamá. Como por ejemplo, «¿Sería ella mi madre? ¿Seré adoptada? ¿Cómo la voy a llamar de ahora en adelante?»

Line se dijo, «Tengo fe en que el papá estará bien, no sé por qué, pero es una fe infinita».

Y ahí pensó mejor, y se dijo, «¿Y si creo que ya sé por qué?»

Antonia se había puesto muy religiosa por la situación y ahora, en la espera, rezaba por Juan Roberto todo el tiempo.

«De alguna manera yo también estoy en lo mismo; así que todos Los Santos nos ayuden. ¡Saravá!»

Terminó de hablar con la Antonia y justo la llamó Rodrigo –su jefe del Banco– para decirle que lo habían contactado de la PDI para contarle que tenían a un tipo que había confesado la autoría del hackeo y que eso lo dejaba muy contento.

Line no le contó que ya sabía y se mostró alegre y sorprendida.

Rodrigo le comentó también que tan pronto todo estuviera claro en los de auditorías, él la estaría llamando para que se reincorporara.

–Mejor espérate un poco hasta que todo sea oficial y probablemente se dará en un par de días más. Te llamo y te reintegras, ¿te parece?

Line se sintió muy aliviada, empezó a respirar más tranquila, le agradeció a Rodrigo por toda la consideración e imparcialidad. «¿La verdad, la verdad? Él nunca se jugó por mí, y bueno, no podría, pero tampoco me incriminó por lo que había pasado, o hizo juicios negativos. En resumen, fue muy profesional. Pena que no me he acostado con él», concluyó Line riéndose por dentro.

Y le salió una voz interna que dijo:

–Saravá, Ogum.

Se le ocurrió llamar a Alice para decirle que quería hablar con ella y ver si estaba en la clínica.

Alice, para variar, le respondió con una pachotada, le confirmó que estaba en la clínica y, para rematar, le dijo,

–Y ahora con qué mentira vas a salir para quedarte con las platas del papá.

–Nada que ver, ya conversaremos. Voy camino de la clínica –le respondió Line.

Al llegar, vio a lo lejos a Antonia y a Alice. Saludó a Antonia con dos besos, y a Alice solo con un "hola", y un movimiento de cabeza.

Le preguntó a las dos si podían ir a tomar un café, pues necesitaba conversar con ambas sobre algo muy serio y Antonia debía estar presente.

Alice se rió de ella y le dijo a Antonia,

–Seguro que esta ahora sale con otra treta donde me va a dejar como el forro, pero vamos por el café.

Ya en el café, Line les contó todo lo que había pasado en el Banco hasta el desenlace con la buena noticia de que habían encontrado al tipo que había hecho el hackeo y a un supuesto abogado que parecía haberle pagado por eso.

Como consecuencia, les mencionó que Julio, su ex-pololo, dijo que debía indagar en todo su entorno como procedimiento de la investigación requerida por estos casos. Alice se levantó, explotó de ira y dijo:

–¿Viste Antonia? Eso era. Fregarme con todo. Así es la mosquita muerta. Siempre ha sido así conmigo –y mirando a Line, le dijo– Te pasaste ahora. ¿Cómo pudiste caer tan bajo? ¿Crees que no cacho para dónde va esto? Estás inventando que yo estoy metida, pues ahí hay un abogado. ¡Existen miles de abogados! ¡Qué puta eres, Line!

–Te defendí diciendo que era imposible que hubieses sido tú, Alice, y el mismo Julio después se disculpó por la pregunta que había hecho –le explicó Line.

Alice, furiosa, la miró con cara de odio, y le advirtió,

–No te vas a salir con la tuya. Seguro, perra, como eres, te revolcaste con el PDI otra vez, y construiste toda esa mierda de mentira para descalificarme frente a los papás. Pero esto no quedará así.

Y se fue.

TARDE Y NOCHE, DÍA 5

Tan pronto Alice se fue, Line empezó a sentir una presión en su estómago. Era un dolor fuerte con la sensación de asco y angustia. La boca se le puso amarga como si estuviera comiendo "jiló"[20]. Del asco, pasó a tener ganas de vomitar, pero sabía que no era eso. Era algo que la movía para no quedarse ahí.

Pensó que otras veces ya le había pasado eso. Era parecido a cuando iba en un automóvil como copiloto y se mareaba, pero ahora además tenía dolor. Lo que hacía en ese momento era abrir la ventana del automóvil y sentir el viento en su rostro.

Line pensó, «Eso es, me falta aire, aire, y tengo que salir sí o sí de aquí». Era urgente y tenía seguridad de que se le iba a pasar.

Tan pronto lo hizo, no pasó lo que esperaba, fue todo lo contrario y la sensación de asco más angustia y dolor aumentaron. Entonces, buscó rápido un baño, y ya dentro de él se puso en cuclillas frente al water para vomitar y no ensuciarse la ropa.

Lo hizo, y tampoco pudo vomitar.

«Nada que hacer, tengo que bancarme esta sensación nomás. Me voy al departamento a hablar con Andrea y después al Centro», pensó.

Tomó un taxi a la salida de la clínica, de esos que están haciendo fila y que no saben qué pasajero les pudiera tocar. «Por si acaso», se dijo Line, «así me aseguro de que no me pase nada raro».

---

[20] El jiló es el fruto del jiloeiro, que se cultiva ampliamente en Brasil, y se caracteriza por su sabor amargo.

Camino a su casa, mientras estaba dentro del taxi, ganó consciencia de dos imágenes diferentes.

La primera era muy clara. Los autos que pasaban, las casas, los edificios, las tiendas, los restaurantes y las personas caminando por la calle. La segunda imagen aparecía superpuesta sobre la primera, y le costaba distinguirla, pues era más tenue. Tenía que seleccionar "figura y fondo", y ahí veía otra imagen.

En esta segunda imagen existían personas que no tenían caras definidas, todas eran como "dummies" sin líneas en sus rostros, estaban vestidas con ropas negras y mostraban mucha energía y fuerza al moverse. Parecían guerreros y guerreras.

Ahora miraba mejor a esa gente que le causaba temor, y notó que ella estaba escondida detrás de unos arbustos muy tupidos, en lo que le pareció una selva.

No quería por nada que esa gente la viera, pues temía por su vida.

A su lado apareció una de las figuras vestidas de negro y la agarró con fuerza y mucha violencia por el brazo, y la sacó desde donde estaba escondida.

Su taxi se detuvo debido a una luz roja y, al frente había más automóviles y uno era otro taxi.

De ese taxi se bajaron dos personas que caminaron hacia donde estaba ella.

Una se encaminó hacia el chofer de su taxi, y le apuntó un revolver, y el otro pasó por su lado, abrió su puerta y también le apuntó un revolver, indicándole que saliera del taxi.

La agarró por el brazo con fuerza y violencia, mientras escondía su revólver para no llamar la atención de la gente que estaba en los otros autos esperando por el cambio de luces del semáforo.

Line avanzó adelante del tipo y entró con él en la parte trasera del taxi, y el otro tipo se sentó al lado del chofer, dando la vuelta al automóvil por la parte de atrás.

«Todo esto no les tomó más de diez segundos», pensó Line. «Lo tenían súper planeado».

Ya en este otro automóvil, las imágenes superpuestas volvieron a surgir, ahora más nítidas.

Era la misma secuencia de la primera imagen que había tenido, donde aparecía Celeste, pero con algunas variaciones, se dijo:

«Estaba en un valle muy verde, rodeado por montañas; ella estaba sentada en un sillón, y a su lado izquierdo tenía al perro-lobo que parecía que la estaba protegiendo. Arriba, veía el águila que ahora no llegaba a su lado, pues seguía volando. Abajo, a sus pies, ya no estaba el trébol de cuatro hojas. A los cien metros de ella, tampoco estaba la mujer que sostenía una espada, y ella no tenía ahora ninguna protección aparte del perro-lobo. Ahora tengo la protección de Ogum».

Había otra mujer que caminaba con la espada en ristre. Su rostro estaba totalmente cubierto por una mañana negra, donde no podía ni ver sus ojos. Usaba una ropa negra que estaba pegada a su cuerpo atlético. Se parecía a esas imágenes que uno tiene de ninjas asesinos.

No le hacía sentido a Line ahí, a menos, claro, que todo lo que estuviera pasando en su cabeza no tuviera nada que ver con ninguna realidad, aparte de estar siendo secuestrada, otra vez.

Line también se dio cuenta de que en la primera de las imágenes –la que ella creía real– era una prisionera, y en la otra imagen, que no sabía a qué otro mundo pertenecía, ella era una guerrera que estaba obligada a luchar.

Line siempre fue de decisiones valientes y firmes, y nunca tuvo dudas de enfrentar lo que tuviera que hacer u ocurrir como consecuencia de sus acciones; para ella, la opción de seguir en su zona de comodidad sin tomar riesgos era ser cobarde y por eso le cargaba la gente cobarde.

«¿Cuál mundo era real si uno no sabe qué es realidad?», se preguntó Line.

Sea como sea, la impresión que tuvo es que en ambas imágenes se estaba enfrentando a la muerte.

Y se preguntaba, «¿Y sería la muerte el transitar entre mundos diferentes? ¿Y cuántos mundos existirían? ¿O me voy a juntar con otros muertos pero vivos, de otra manera, que no entendemos, y en otro lugar que tampoco tenemos idea cómo funciona? O peor, nuestro nivel de comprensión de la realidad es la de una hormiga, que quisiera generar un nuevo sistema operativo para programar en computadores».

Line ya sabía que iba a morir, pues lo había visto. Pero no le quedaba claro ahora si moriría en el enfrentamiento con esa mujer ninja y su gente.

Ella también sabía que debería tener alguna ayuda por lo que pudieran llegar a hacerle esos tipos de la imagen uno, y también por lo que pudiera ocurrir con los guerreros de la imagen dos.

Y se preguntó, «¿Y qué me pasaría si muero en ambas partes?»

«Y qué importa ahora, si la muerte es una posibilidad en ambas realidades. Y seguro que si muero en cualquiera de las dos realidades, estoy muerta en la otra realidad también de forma inmediata».

Noche, día 5. Madrugada, día 6

Todavía no era muy tarde. Había algo de luz y la noche empezaba a hacerse presente.

Los tipos que llevaban a Line dieron vueltas como si alguien pudiera estar siguiéndolos. El chofer manejaba rápido, pero nunca tanto como para llamar la atención de la policía. Llegaba a algunas esquinas y doblaba en el último instante, por si alguien viniera tras ellos.

Finalmente, se dirigieron a una calle sin salida que tenía forma de "C". En el centro existía una gran plaza abandonada. Al fondo de la entrada de la calle había un sitio eriazo, y se estacionaron al frente del mismo.

La plaza estaba rodeada de casas abandonadas. Pero desde el automóvil se podía ver quién entraba a la plaza; en cualquier situación podrían escapar sin que los pillaran, por la ventaja que tendrían al dar la vuelta primero.

Una vez estacionados se quedaron esperando en silencio y nadie decía una palabra. El tipo que estaba a su lado semejaba una estatua, y solo respiraba.

Line pensó que él no tenía nada en la cabeza, aparte de la función que le debían haber designado sobre alertar a los otros dos de que ella no hiciera nada.

El que parecía ser el jefe, y que iba delante de ella, estaba siempre en el celular mirando vaya a saber qué. Además, se notaba que esperaba recibir instrucciones pues, se preguntaba Line, «¿Por qué estaban ahí botados, sin hacer nada y el jefe revisando el teléfono a cada rato?»

Line no quería preguntar tampoco qué estaban esperando; seguro lo que viniera no era bueno para ella.

Las imágenes se multiplicaron en su mente y empezó a ver muchos animales que la seguían y se vio montada en un caballo blanco muy grande. Su galope era de un paso rápido, pero de largo aliento.

En el horizonte, podía ver que se aproximaba una masa de algo, quizá una réplica de los que la seguían a ella –¿qué era?– pero parecían mucho más numerosos.

Miró a su lado derecho y la secundaba Gabi, ahora también vestida de guerrera, a su lado izquierdo estaba el "perro-lobo". Este la miró agradecido y feliz de estar con ella y le dijo con voz muy grave:

–Y si aquellos días no hubieran sido acortados, nadie se salvaría; pero por causa de los escogidos aquellos días fueron acortados. Y si Dios no hubiese acortado ese tiempo, nadie se hubiera salvado; pero los acortó por amor a la que ha escogido: Line.

Junto a ella y al perro-lobo, dos lobos más la seguían. Ahora, el águila desde arriba volando también la acompañaba.

Sintió cómo la tierra empezó a hacer un ruido muy bajo, grave, y a moverse con ondulaciones profundas, y pudo reconocer que estaba temblando fuerte, sin llegar a ser un terremoto.

Line pensó que habrían estado esperando ahí, en esa calle sin salida, unas tres a cuatro horas, y que ya debían ser cerca de las once de la noche. Tenía muchas ganas de ir al baño, pero se dijo, «Prefiero mearme entera a preguntarle a estos tipos si puedo hacer pipí ahí en el sitio. No vaya a ser que se pongan ocurrentes y me violen».

El jefe miró el celular por milésima vez y al fin había recibido algo, pues parecía estar respondiendo un mensaje. Acto seguido, se bajó del automóvil.

Desde donde ella estaba solo podía ver cómo gesticulaba al teléfono. «Seguro estaba molesto por esta larga espera, sin recibir ninguna orden», se dijo Line.

Entonces hizo un esfuerzo para ver si captaba algo de lo que se decía, pero no era posible. El sonido se iba para otro lado. Lo único que quedaba eran sus gestos de molestia e inquietud. El jefe se devolvió al automóvil y le dijo al chofer:

–Vamos adonde hicimos nuestro último trabajo.

Y Line se preguntó, «¿Esto que hacen conmigo será parte de lo que ellos llaman trabajo? Claro está que ganan conmigo. ¿Y si les ofrezco más dinero? ¿Será antiético?»

Otra vez el chofer usó su manera peculiar de manejar. Line se dijo, «Tiene que haber visto muchas películas», pues daba muchas vueltas y viradas de último segundo en algunas esquinas, pero la verdad, la verdad, es que nunca había nadie siguiéndolos.

De repente se percató de que estaban subiendo el Cerro San Cristóbal por la parte de atrás, por una entrada que nunca había visto. Line asumió que ya debían ser cerca de las dos de la mañana y la idea siguiente que pensó fue, «Nada bueno puede salir de acá». También cruzó por su cabeza, «¿Cómo podían haber pasado tantas cosas en tan poco tiempo y estar en esta situación tan requete-maldita?» En su antiguo día a día sería imposible haber imaginado todo esto, e igual ahora ya no podría ni pensar en la existencia de un futuro.

Line se dijo, «Pareciera que esto estaba escrito y que no habrá pelea con los que me van a hacer daño; son estos desgraciados que están armados contra mí sola. Es desigual. La única palabra que se me viene a la mente es que estoy cagada». Y luego se preguntó, «¿Dónde está Ogum para protegerme?»

Subieron a la vuelta de la rueda por un caminito en que no cabía más de un automóvil, además, el chofer, tan pronto empezó a subir el San Cristóbal, apagó las luces. Llegaron hasta un sitio en que el camino se ensanchaba un poco, y se detuvieron en una pequeña entrada, donde el auto quedaba medio escondido y uno de los tipos le dijo de forma seca, "bájate".

Ella siguió la instrucción y el mismo tipo, señalándole con la punta de su pistola, le dio la dirección a seguir. Line pensó en sus posibilidades de huir, «pero no, son tres tipos y están armados con revólveres y pistolas. Mi chance de escapar es nula».

Ahora Line caminaba escoltada por dos de ellos e iba un poco más adelante, o sea, ella iba prácticamente al medio de los tres. Se metieron por una senda muy espesa, llena de arbustos nativos y caminaron en línea recta por unos quince minutos más o menos, hasta que llegaron a un círculo pequeño, rodeado de más arbustos y árboles grandes que escondían totalmente ese espacio.

En uno de las bordes del círculo había un banco, de esos que hay en sendas de trekking, «Para que las personas puedan descansar y tener una alegría inesperada al sentarse después de haberse sacado la cresta caminando para ver pájaros», pensó Line. Uno de los tipos le dijo:

–Siéntate. Falta poco.

Line pensó, «¿Sirve de algo preguntarles "poco para qué"?»

MADRUGADA, DÍA 6

Ahí, sentada en el banco duro y frío de cemento, Line percibía cómo el tiempo pasaba sin tener noción clara. Los tres tipos se daban vueltas, hablaban de a dos, en voz muy baja para que ella no escuchara, se ponían en cuclillas, después fumaban, y así se llevaban y no pasaba nada. Line pensó, «Si hay algo peor que saber que te puede pasar alguna cosa mala, es cuando estás a la espera de que la cosa mala suceda».

Sintió que venía alguien, pues escuchaba pisadas sobre hojas secas y el ruido de las ramas cuando son apartadas y se devuelven a su lugar. Seguramente esta persona había tomado otra ruta que debe haber sido más difícil de seguir para pasar desapercibida. El ruido de las ramas se hacía cada vez más patente y apareció su hermana Alice desde las sombras de la noche.

Line se quedó muda y no lograba entender qué hacía su hermana ahí. Hasta que se dio cuenta de que los tipos que la habían secuestrado la conocían, y se aproximaron a Alice para conversar con ella.

Los tipos hablaron en voz baja unos cinco minutos con Alice, y esta no miraba a Line, siempre estaba medio de lado dándole la espalda. «Parecía que solo quería enterarse de lo que pasaba y seguro le habían estado hablando sobre ella», pensó Line.

Había muy poca luz y seguían conversando entre ellos, nada que Line lograra escuchar, pese a su esfuerzo, hasta que los tipos se hicieron a un lado para abrirle paso a Alice y esta le dijo:

–Así es, querida hermanita… Llegó el momento de que salgas para siempre de mi vida. Intenté por las buenas que hicieras lo que necesitaba. Pero hacías siempre lo contrario. Eres muy, muy tarada. ¿Qué quieres que te diga? Me dejaste siempre como el forro con el papá, que no me quiere por tu culpa. Ahí lo tienes ahora. El muerto en vida. Y tú… ya ves, hice un buen "trabajo". Mis años en Brasil no fueron como los tuyos. Aprendí a conseguir lo que quería con la "ayuda" correcta, pidiéndoles a los "Exús" lo que me pertenece por *derecho*. Eso fue un chiste, a propósito, y seguro, bruta como eres, no lo entendiste. Me firmaste todas las hojas en blanco que necesitaba para hacer las transacciones legales y notariales, y me entregaste los poderes que requiero para hacerme de las cosas de tu vida. Sé que me dirás con esa vocecita insoportable *pero es que no fui a un notario y ñañaña*. Es cierto que no fuiste... para eso hay que tener amigos y también tengo un amigo notario que me creyó lo que pasaba en tu loca vida, y que me creyó que tú confiabas en mí –como tu querida hermana– para cuidar tus bienes por si te pasaba algo en tu vida desenfrenada, pues ya no confiabas en ti misma, y en un momento de cordura, me entregaste estos poderes.

Line, con cara de asombro e incredulidad ante lo que estaba viendo, no logró decir nada. Solo le cayeron lágrimas de pena por su hermana, por ella, por la vida como se le presentaba por delante. Y Alice agregó:

–Desde que naciste fuiste un cacho que no logré sacarme de encima. Nunca fuiste una hermana. Lo que hacías siempre me hacía daño y me dolía. Fuiste una perra mal parida conmigo desde chica. Peor, en tu infinita estupidez, ni te dabas cuenta de las huevadas, el daño y las heridas que me fuiste causando.

Line, en shock, ya reponiéndose, le respondió:

–¿Pero te has vuelto loca, Alice? ¿Mira las cosas que has hecho? Actúas con maleantes, como maleante. Me han raptado antes y ahora. No puedo creer que tú estuvieras metida cuando me obligaron a firmar esos papeles en blanco con mi huella.

–Claro que no entiendes, pues eres una estúpida natural; crees que caes bien a la gente pues te ven como espontánea. Eres estúpida espontánea. Te fluye. Gracias por haberme entregado esas hojas firmadas. Por supuesto que les puse una fecha muy anterior a tu muerte. Tranquila. Será rápido –le contestó Alice.

Alice siguió diciéndole cosas a Line; años acumulados de rabia y despecho salían en un torbellino de furia, en un delirio caótico sin coherencia, en que no se le entendía mucho más de lo que ya había dicho.

Eran innumerables situaciones de episodios pasados que Line ni siquiera recordaba y las frases siempre venían acompañadas de un "puta desgraciada", "perra inmunda" y otros insultos más. Hasta que finalmente Alice acabó, puso cara de burla y de manera socarrona le dijo,

–Me río en tu cara por lo imbécil que has sido.

Luego se dio vuelta hacia los tipos y muy secamente les ordenó:

–¡Mátenla!

Alice dio un paso al costado para mirar lo que iban a hacer, y los tres tipos avanzaron hacia Line. Los sicarios la rodearon, tal como cuando se fusila a un condenado, sacaron sus armas y apuntaron hacia ella.

Line, de forma instintiva, puso su mano izquierda en el bolsillo de su pantalón y encontró por accidente el pequeño talismán de lapislázuli, y lo apretó con mucha fuerza.

Cada uno disparó varias veces su arma, acribillándola, mientras su cuerpo se sacudía a medida que iba recibiendo los impactos de las balas.

Por la mente de Line pasó toda su vida. Vio cuando nació, el colegio en Brasil, desde su infancia hasta la adolescencia, su adultez, vio su casamiento, el nacimiento de su hija, las relaciones amorosas que tuvo y cuando las terminó, vio a su Padre vivo y le apareció Gabi, después Andrea, ella en una playa y se vio rezando y cantándole a Ogum en el Centro, se vio en su casa, se vio durmiendo, también en celebraciones de Navidad y Año Nuevo, todo en un segundo.

Su propia voz, ahora mezclada con todas las otras voces que habían residido en sí misma durante la historia de su vida, se despedían de ella, mientras moría diciendo:

–Saravá, Ogum. Saravá, meu Pai.

MAÑANA, DÍA 6

Line alcanzó a verse muerta, tal cual como se había visto durante la ceremonia en el "Terreiro".

Los sicarios, después de descargar las balas de sus pistolas, caminaron hacia ella y uno de ellos le dijo,

–Cagaste, perra tortillera.

Los otros dos se aseguraban de que estuviera bien muerta. Otro tipo, como despedida, le lanzó una frase para el bronce, "Viviste como perra, como perra te matamos". Y se reían a carcajadas. Después se dieron vuelta, pues no tenían nada más que hacer, caminaron hacia Alice y el jefe le dijo,

–Ya, gringa, ajustemos cuentas ahora. Ahí tenís nuestro trabajo entregado, en bandeja y en platea para tu disfrute. Te tengo una sorpresita, como tú estabas acá, gringa, estai metida con nosotros y cagada, y el Giovanni te grabó con el celular cuando hablabas. La cifra ahora es otra… a menos que tengas ganas de pasar unas largas vacaciones en una habitación chiquitita y compartida.

–¿Pero qué te has creído, hijo de puta, has matado a mi hermana y ahora además quieres incriminarme? ¿Se te olvida que soy abogada? Podría decir que ustedes nos raptaron a las dos, que me forzaste a declarar esas frases y que trucaste el video. Además que un video no sería aceptado como prueba. Tengo contactos y ustedes tienen prontuario. Los que cagaron son ustedes, manga de huevones. Son delincuentes, asesinos. No pienso pagarles a ustedes un puto peso. Cagaron –replicó Alice inmediatamente.

El jefe, mirando a sus secuaces, les dice,

–Así que la *linda* no nos va a pagar nada. ¿Qué les parece?

Y luego, en tono amenazante, acercándose a Alice,

–¿No cachai en lo que estai metida, gringa culeá? Perra, igual que tu hermana. Cachamos todo de tu vida. Te cortamos aquí mismo, pero primero te culeamos como buena puta.

–¡Pa que sepai, igual no pensaba pagarles nada por haber hecho lo que hicieron! ¡Maricones! ¡Asesinaron a mi hermana! Yo la quería. Ustedes son unos desgraciados. Inventaron todo esto contra mí y mi hermana. Asesinos. Asesinos. Asesinos. Asesinos –les gritaba Alice a todo pulmón por si alguien la escuchaba.

–O sea, gringa boca de water, ¿no nos vas a pagar? ¿La dura? ¡Tú nos contrataste, gringa culiá, para matar a tu hermana! ¿Qué huevada es esa ahora de *mi mejor hermana y yo la quería*?

Alice no le respondió y se quedó callada de forma desafiante, como si estuviera en un tribunal. El jefe hablando y mirando a sus secuaces, les dijo, "O sea, lo de huevonas parece que es familiar". Y le volvió a preguntar a Alice,

–¿Tai segura, segura que no nos vai pagar? ¿No trajiste la plata en efectivo como habíamos acordado? ¿O seguí haciéndote la rica y tenís las lucas en el auto?

–Huevón cagado, –le dijo Alice– no traje nada. Nunca pensé pagarte ni un puto peso, cretino, ignorante, burro.

El jefe, con cara muy molesta y enrabiado, le dijo a Alice,

–No hay nadie que me haya llamado cretino y burro y que aún siga con vida, gringa puta.

Y girando hacia los secuaces, les ordenó, "agárrenla".

Sin nada de emoción, y muy rápidos, los secuaces agarraron a Alice uno por cada lado con mucha fuerza, estirándola por los brazos, mientras ella intentaba soltarse forcejeando, pero de inmediato sintió la impotencia de la situación, pues el jefe le dio un combo en la boca del estómago, haciendo que se doblara de dolor.

El jefe ahí se dio la vuelta y se puso por detrás de ella, le levantó la falda, y le bajó los calzones, mientras ponía sus dedos dentro de la vagina y el culo de Alice. Ella gritó con mucha fuerza nuevamente, por si alguien la escuchaba y otro de los tipos que la sujetaba la volvió a golpear con fuerza en el estómago, mientras el jefe seguía con su mano en el cuerpo de Alice.

Alice estaba poseída de rabia e intentó dar patadas para librarse de los tipos, pero no podía con la situación. El jefe, aún atrás de ella, sacó su mano de la vagina de Alice y le indicó al tipo que la sujetaba del lado izquierdo que se hiciera para atrás, y muy rápido puso su pistola en la sien derecha de Alice y le disparó un solo tiro, matándola al instante.

Después el jefe, mirando a sus secuaces, les dijo,

—Hagan que parezca que fue la gringa quien mató a su hermana y después se suicidó. Está fácil, fue un solo tiro y ella es diestra.

El jefe limpió sus huellas de la pistola, después pasó el arma por la palma de la mano de Alice, como si ella hubiese usado ese revolver. Los secuaces hicieron lo mismo con sus armas, limpiaron sus huellas y las pasaron por las manos de Alice, para que pareciera que ella también las había usado para matar a Line. El jefe les indicó,

—Pasen también los revólveres por las manos de la otra perra. Los tiras se van a pajear con qué pasó acá. Pero seguro llegan a una teoría inteligente para sacarse el pillo… Pelea de perras.

Los tipos volvieron a limpiar las armas y se las pasaron nuevamente por la mano derecha de Alice para que tuviera sus huellas. El jefe soltó el arma con que la había matado, como si se le hubiese caído a Alice después de suicidarse. Luego miraron la escena y solo dijeron,

—Matamos a dos perras en una noche, pero con varios tiros. Menos mal que algo ya le habíamos cobrado a la gringa. Puta la gringa cagada. Vámonos de aquí.

Y desaparecieron en el despertar de ese día.

MAÑANA, DÍA 7

El cuerpo de Line yacía inerte a unos tres metros del cuerpo de Alice. Habían pasado más de veintitrés horas desde que ambas estaban muertas.

Line sabía que estaba muerta y tuvo consciencia de todo, pero ahora, en este momento, había escuchado un viento extraño.

Se preguntó, «¿Será esto estar muerta? ¿Sigo percibiendo cosas, pero mi cuerpo ya no está vivo?»

Vio ahora que regresaba del campo de batalla, muy herida, pero viva al fin y al cabo.

La otra mujer que había enfrentado, claro que la pudo ver, a pesar de la ropa que la escondía. Era Alice.

Sintió que se le movió un dedo de la mano izquierda.

No tenía idea de dónde estaba y qué hacía, y tampoco noción del tiempo y del espacio, aparte de saberse muerta. Era como si estuviera aterrizando de un vuelo, de un sueño, donde ella, quien había muerto, no era más ella, pues parecía que seguía viva.

Pero tras el primer movimiento del dedo de la mano izquierda, se le movió un pie, como con un cortocircuito, después el otro pie, parecido a los tiritones de un perro que está durmiendo y le tiembla una patita, después otro temblor y ahora la mano derecha y sintió que estaba respirando.

Tuvo ganas de levantarse y no sabía si podía hacerlo.

Pensó qué pasaría si se moviera e imaginó cómo lo hacía, y sencillamente lo hizo y todo su cuerpo logró incorporarse hasta quedar sentada en la tierra.

Pero no veía nada.

Pensó que podría abrir los ojos. Y los abrió para ver dónde estaba.

Entonces vio los arbustos, la tierra, el sol empezando a iluminar parte de la vegetación y también vio a Alice, muerta en el suelo.

Se le ocurrió mirarse y se percató de la gran cantidad de sangre en su ropa. Tenía muchas heridas, y recordó los disparos, pero las heridas habían estado cicatrizando solas y parecía que las balas no habían penetrado su cuerpo.

Desde la tierra y desde el sol, un rayo de luz dorado, muy lindo, la ayudó a levantarse totalmente del suelo. Line sintió que tenía fuerza y energía sobrehumanas, y que al mismo tiempo era ella, tal como siempre había sido, pero ahora protegida de la vida y de la muerte por su padre. Y suavemente pronunció,

–¡Saravá, meu Pai! –para agradecer a Ogum por haberla protegido, blindando su cuerpo.

Miró ahora con más detención y vio que a su lado estaba acostado el perro-lobo cuidándola, lamiendo sus heridas para que cicatrizaran; desde el cielo escuchó el grito del águila que la saludaba, y a su lado derecho había un trébol de cuatro hojas.

Line se dijo, «Estoy lista para irme a casa. Mejor me pongo a caminar hasta que alguien me baje del cerro. Quiero hablar con Andrea, llamar a la Antonia para saber cuándo llevan al papá a casa, y a Gabi, que le debo una salida».

«Qué enredo será todo esto».

EL AUTOR

Paul Anwandter es autor de libros de coaching, mentoring, PNL, hipnosis, desarrollo personal y ficción, traducidos al inglés y al portugués. Director de HCN World, de la Academia Inpact, de la Sociedad Chilena de Hipnosis, y Presidente de la EMCC Latam (European Mentoring and Coaching Council para Latinoamérica).

Además es:

- Master Coach, certificado por HCN World.
- Master Trainer Coach Integral ICI y Master Trainer Coach, certificado por la International Association of Coaching Institutes (ICI) de Alemania.
- Master Developmental Coach and Consultant, certificado por la IDM de los EEUU.
- Master Trainer en PNL, certificado por la International Association of NLP-Institutes (IN) de Alemania y por la International Community of NLP (ICNLP) de Suecia.
- Fellow Member Trainer, certificado por la IANLP de Suiza.
- Trainer de Mentoring, certificado por Coaching and Mentoring International (CMI) de Inglaterra.

- Business Coach, certificado por la Worldwide Association of Business Coaches (WABC).
- Mentor Profesional de la EMCC - European Mentoring and Coaching Council.
- Especialista en Hipnosis Clínica e Hipnoterapia Avanzada, certificado por la International Hypnosis Association LLC, (IHA).
- Profesor de los Diplomados Internacionales de Coaching Neurolingüístico, Coaching Integral ICI, Mentoring Profesional e Hipnosis Clínica en Academia Inpact S.A.
- Profesor de las Especializaciones de Team, Business y Executive Coaching en Academia Inpact S.A.
- Profesor de los cursos de Practitioner, Master Practitioner, Psicología Neurolingüística y Trainer en Programación Neurolingüística en la Academia Inpact S.A.
- Ingeniero Civil Electrónico - Escola Mauá del IMT de Sao Paulo, Brasil.
- Creador de la Revista ICIMAG, del podcast "Calina Púrpura" y del videocast "Esto no es para ti".
- Fundador y Director Gerente de Inpact S.A. desde 1985.
- Socio fundador de HCN World.
- WABC Full Member Worldwide Association of Business Coaches (WABC).
- Miembro de la EMCC - European Mentoring and Coaching Council.
- Director de la Asociación Chilena de PNL (APNL).
- Miembro de la Sociedad de Escritores de Chile (SECH).
- Miembro del Colegio de Ingenieros de Chile.
- Miembro del Institute of Electrical and Electronic Engineers (I.E.E.E.) de EEUU.
- Miembro de la Systems, Man and Cybernetics Society y de la Society on Social Implications of Technology del I.E.E.E.
- Miembro honorario de la Asociación de Hipnoterapia de Nuevo León A.C.
- Conferencista internacional de congresos, seminarios y charlas en Argentina, Brasil, Chile, Colombia, Ecuador, México, Panamá, Perú, Portugal, Venezuela y EE.UU.

Libros del autor

- La Gota Plana (2021)
- ¿Dónde está mi chupete? (2021)
- Ella, él y los otros (2021)
- Mediación y Negociación con PNL (2020)
- Gitti Curió (2019)
- Manual de Mentoring Profesional (2018)
- Herramientas de Coaching Avanzado (2017)
- Hipnosis Ericksoniana: Competencias Esenciales (2017)
- Manual de Coaching Neurolingüístico (2017)
- Coaching: Factores y Estrategias (2016)
- Cuentos de jardineros y puercoespines (2016)
- Team Coaching: Cómo desarrollar equipos de alto desempeño – coautor (2015)
- Hipnosis Clínica y Terapia Breve – coautor (2014)
- Coaching Ejecutivo de Líderes (2014)
- Fragmentos de un Corazón Climático (2014)
- Cómo Conseguir lo que Quiero o Cuentos de Niños para Adultos (2012)
- Usos y Perspectivas del Coaching – coautor y coeditor del libro (2012)
- Doscientos Cuarenta y Tres Apuntes de Vida (2010)
- Coaching Integral ICI en los Negocios (2010)
- Autohipnosis: Entrene su Mente (2009)
- Introducción al Coaching Integral ICI (2008)
- Momentos Mágicos o una Guía para Viajar en el Tiempo (2006)
- Un Día cada Día o la Próxima Estación (2005)

Mini books del autor

- Team Coaching y equipos de ventas en tiempos de Zoom (2021)
- Hipnosis Provocativa (2017)
- El gerente rey ha muerto (2015)
- ¿Puede el trance hipnótico lograr un desarrollo social emocional? (2015)
- Siete preguntas de su coach (2014)
- Responsabilidad (2014)
- Cómo hacer lo que quieres (2014)

Made in the USA
Columbia, SC
27 July 2024

38613780R00093